Otto Julius Bierbaum

Kaktus

und andere Künstlergeschichten

Otto Julius Bierbaum

Kaktus
und andere Künstlergeschichten

ISBN/EAN: 9783741125263

Hergestellt in Europa, USA, Kanada, Australien, Japan

Cover: Foto ©Andreas Hilbeck / pixelio.de

Manufactured and distributed by brebook publishing software
(www.brebook.com)

Otto Julius Bierbaum

Kaktus

KAKTUS

und

andere Künstlergeschichten

---

von

Otto Julius Bierbaum

Dritte Auflage

Berlin und Leipzig

Schuster & Loeffler

1898

Seinem
verehrten kritischen Gönner
dem Herrn

Geheimrat Professor Fürchtegott Ernsthaft
Dr. phil. et jur. nec non med.

in

liebster Ehrfurcht
und
Ergebenheit
dankschuldigst

zu Füßen gelegt
von
Otto Julius Bierbaum

Verehrter Gönner!
Hochgeehrter Herr Geheimrat und Profeſſor!

Wenn ich es wage, dieſe leichte Ware
an den Stufen Ihres Katheders niederzu=
legen, an den Stufen der kritiſchen Offen=
barungskanzel, vor der ganz Deutſchland
lauſchend und mit bewegten Federhaltern
ſitzt, ſo weiß ich wohl, weſſen ich mich
unterfange und was ich aufs Spiel ſetze.
Sie haben mir in einer huldvollen An=
wandlung von herablaſſender Güte die Ehre
dreier ermutigender Zeilen in einem Organe

der höheren und höchsten deutschen Kritik an=
gethan, das sich sonst nur mit den gelehr=
testen und schwierigsten Dingen befaßt, und
seitdem werde ich das schwer beglückende Ge=
fühl nicht los, als hätten Sie mich persön=
lich auf die Schulter geklopft.

Was das zu bedeuten hat, in welche
Sphäre ich damit erhoben bin, weiß ich
wohl.

Sie sind mehr als ein Individuum,
Herr Geheimrath und Professor, Sie sind
der Inbegriff jenes ernsten deutschen Geistes,
der alles, was er denkt und thut, sub
specie aeternitatis aeternitatum denkt
und thut. In Ihnen hat der Geist des
schweren Ernstes Leib gewonnen, der Geist,
der unablässig jene erhabenen Lasten wälzt,
aus denen sich die Welt der deutschen Ge=
dankenstrenge zusammentürmt. Wen Sie
auf die Schultern geklopft haben, der ist
vom Geiste des Ernstes selber angerührt.

Und nun komme ich und rücke diese

mehr als bescheidenen Kleinigkeiten in den
Focus Ihrer Brillengläser, diese unernsten
und leichten Erzeugnisse spielender Laune, die
weiter gar keinen Zweck haben, als daß sie mit
demselben Vergnügen gelesen sein wollen,
mit dem sie geschrieben worden sind. Muß
ich, werde ich mir dadurch nicht Ihre Gunst
verscherzen? Werden Sie nicht Ihre drei
Zeilen zurücknehmen müssen? Werden Sie
nicht gezwungen sein, zu erklären: Ich habe
mich getäuscht; dieser Mensch und Belletrist
wandelt nicht auf den Pfaden deutschen
Ernstes! . . . ?

Ich fürchte sehr, es wird so kommen,
hochgeehrter Herr Geheimrat und Professor.
Sie haben mich zu früh auf die Schultern
geklopft, und ich halte es für meine Pflicht,
Ihnen zu rechtzeitiger Korrektur Ihrer
guten Meinung Gelegenheit zu geben, da=
mit Sie, ehe es zu spät ist, mich von den
Rockschößen Ihres Ernstes abschütteln können.
Und es soll zugleich eine Warnung zur Vor=

sicht für Sie sein: Lassen Sie sich nicht
mit unsereinem vom Geschlechte der Belle-
tristen ein, hochgeehrter Herr Geheimrat
und Professor!

Sie werden die Erfahrung immer wieder machen: Ihr Geist steckt nicht dahinter.
Wir bleiben nicht bei der Stange, wir
springen immer wieder übers Leitseil. Selbst
unser großer Meister, den Sie nur mit
Schauern des Respektes und wir nur mit
dem Gefühle der schrankenlosesten Verehrung nennen, Goethe, war so. Fast gleichzeitig, während er Werke schuf, deren Ernst
in die Ewigkeit ragt, schnitzelte er Kleinigkeiten zum Vergnügen seiner selbst und
seiner Umgebung, Kleinigkeiten, die längst
vergessen sein würden, wenn nicht er selbst
sie neben den Monumenten seines Ewig-
keitsernstes in seine gesammelten Werke
aufgenommen hätte.

Nicht allein also, daß er sie hervor-
brachte, er hielt sie auch für wesentliche

Stücke seines künstlerischen Vermögens. Dokumentierte er damit nicht im Grunde, daß er eigentlich jenen gründlichen, immer aufs Höchste gerichteten Ernst nicht besaß, der Sie und Ihresgleichen auszeichnet?

Ich bin überzeugt, daß Sie diese Empfindung schon lange haben. Wolfgang Menzel, den Sie, nebenbei gesagt, eigentlich schon längst hätten neu herausgeben sollen, hat diese Empfindung auch mit aller wünschenswerten Deutlichkeit und nicht ohne heftige sittliche Empörung geäußert. Goethe ist geradezu typisch für die Frivolität der dichtenden Künstler. Er hat der Lust am Fabulieren zuweilen auf Gebieten gefröhnt, auf denen für Ernst und Ewigkeit gar nichts herauskommen konnte, und er hat dem Unterhaltungsbedürfnis der Menschen manchmal mit vollem Bewußtsein und einem geradezu cynischen Mangel an Ernst gedient.

Nun weiß ich freilich, was Sie jetzt

sagen, denn ich höre es ganz deutlich: quod licet Jovi non licet bovi. Und damit haben Sie, wie übrigens immer, natürlich vollkommen recht. Das wäre auch noch schöner, wenn sich die Ochsen wie Zeuse aufführen wollten! Aber Sie können ganz ruhig sein: die Ochsen sind furchtbar ernst= hafte Wiederkäuer und denken gar nicht daran, auchmal fröhlich zu sein, wie ein Gott.

Aber nun sehe ich Sie wieder überlegen lächeln... Ach so! —: Sie finden, daß ich die Beziehung Ihres lateinischen Reim= spruches nicht recht erfaßt habe?

Mein Gott, ich dachte nicht, daß Sie gleich so grob werden würden. Und wirk= lich, bei aller Verehrung für Goethe: es fällt mir schwer, mich deshalb, blos weil sichs lateinisch reimt, direkt als Ochs zu empfinden.

Und dann: Wenn sich Einer auf Goethe beruft, muß er doch nicht gleich die Ab=

sicht haben, die Distance zu verwischen ...
oder ...?

Seien Sie menschlich, Herr Geheimrat,
zähmen Sie Ihren erhabenen Spott, Herr
Professor, — lassen Sie uns kleine Leute
auch mal den Namen Goethe nennen, ohne
daß Sie sofort in ein Hohngelächter aus=
brechen. Bedenken Sie doch: er ist unser
Moses mit der Feuersäule, und wohin ihm
zu gehen gefiel, dorthin zu gehen halten
wir auch uns erlaubt, denn er führt uns
noch immer.

Und ich wollte Ihnen ja nur in Er=
innerung rufen, daß auch er keineswegs
immer zu den Gletschern stieg, sondern
auch nach Plundersweilen auf den Jahr=
markt ging. Er hat sich sogar selber mit
Schellen behängt und ist gesprungen, daß
es nur so klirrte.

Sie freilich, sitzend auf hohem Stuhle
und wägend die Wage ewigen Ernstes,
dürfen mit Fug und Recht sagen: Ich gehe

nicht auf den Jahrmarkt; ich bin kein
Publikum, das unterhalten sein will: ich
bin der deutsche Ernst, der kritisiert.

Sehr richtig, Herr Geheimrat, kein
Zweifel ist erlaubt, Herr Professor!

Aber, eigentlich, was geht das mich an?
Will ich etwa Sie unterhalten? Diese
Vermessenheit sei ferne von mir. Gerade
so gut könnte ich in den zoologischen Garten
gehen, um das Nilpferd (sans compa-
raison natürlich) zu kitzeln. Ihnen darf
man nur kommen: in der Linken einen
Faust, in der Rechten eine Göttliche Komödie.

Und dennoch soll dieses schellenbehangene
Buch gerade Ihren Namen tragen, Sie gewaltig Ernster.

Fort mit der Maske der Ergebenheit!
Da, sehen Sie mein wahres Gesicht, das
Ihnen lachend die Zähne zeigt —: Ich
finde Sie furchtbar komisch, und deshalb
soll dies Buch Ihnen gehören, Sie Aus-
bund von Komik.

Wie? Nach Ihrer Maultrommel sollen wir tanzen? Was? In Ihrem Takte sollen wir schleichen? Herr des Himmels: Sind Sie unverschämt!

Wir wollen den Ernst des Lebens nicht vergessen und uns nach allen unsern Kräften bemühen, ihn zu gestalten; wir wollen, mit heiterer Andacht und fröhlichem Glauben zu ihrem endlichen Siege, der Schönheit dienen und ihr, wenn's nicht anders sein kann mit dem Besen in der Hand, die Wege ebnen; wir wollen in alle Schächte der Seele steigen und aus ihren Tiefen ihre geheimsten Wunder und Schrecken emporschürfen, — aber wir wollen uns auch durch keine Legion von essigüberlaufenden Sauertöpfen davon abhalten lassen, ab und an auf dem glöckelnden Bock unernstester Laune über die bunten Wiesen des Humors zu reiten, und sei's auf Kosten unsres Renommés bei allen ernsten Leuten dieser ausbündig ernsten Zeit.

Und damit, Herr Geheimrat und Professor, befehle ich meine lachende Seele
Ihrem ernsten Gehirne

und begrüße Sie,
immer noch voll Ehrfurcht,
aber nicht ohne Heiterkeit,

als Ihr
weiland Günstling
D. J. B.

Schloß Englar im Eppan, als die Edel-Ver-
natsch-Traube reif geworden war im Jahre Ein-
hundert nach Wolfgang Menzels Geburt.

Inhaltstafel

Die beiden freunde

Die beiden Freunde

Eine Geschichte
in einer Präambel, vier Maßkrügen,
einer Schlußhalben ꝛc.

—

Präambel

Ich ging mit meinem Freunde Peter die Maximilianstraße in München entlang und erfreute ihn, denn er ist ein Maler, durch sehr scharfe und erbarmungslose Bemerkungen über die angeborene Schlechtigkeit der Kunsthändler, und er, lieb und erkenntlich, wie er ist, erquickte mich dafür durch unerschrocken saftige, wie mit dem Pinselquast hingeworfene Invektiven gegen das schamverlassene Geschlecht der Buchverleger. Da, wie wir im fröhlichsten Drauf und Dran waren, sahen wir zwei Männer an einander vorüberschießen, von denen der eine so grimmige, ich möchte wohl sagen: aufspießende Blicke auf den andern schlenderte, daß mir neben ihrer fressenden Glut die Zwillingsscheiterhaufen, auf denen wir soeben unsere respek-

1*

tiven Nährväter verbrannt hatten, wie schüchterne
Flämmchen, harmlose Lichlchen aus den Fettnäpf-
chen bescheidener Huldigungsilluminationen vor-
kamen.

„Du, hast Du den Blick gesehn? Donner,
ja, das war Feuer aus der Unterwelt! Wie hieß
benn der Angeflammte, der Kunsthändler?“

Mein Freund lachte: „Sind beides Maler.“

„Pfui, wie kann man so konkurrenzwütig sein.
Raum für vielzuviele hat der Glaspalast.“

„Aber es giebt nur e i n e Veneranda!“

„Hm, — wenn es sich um eine Veneranda
handelt ...!“

„Na, und um w a s für eine, mein Engel!
Sieh mal: so ein Profil!“

Und er machte mit dem Daumen der Rechten
eine der mystisch verzückten Luftlinien, wie sie blos
Maler fertig bringen und verstehen. Ich aber that
sogleich so, als wär ich völlig im Bilde, und ich
murmelte, wie Entzückte murmeln:

„Donnerwetter! So schön ist sie? Ja, dann!“

„Na, und weißt Du: Augen! Augen! Aber es
ist ein Unsinn, von so was zu r e d e n. Wenn
mans könnte, könnte mans überhaupt blos malen.
So ... na, Du weißt ja wohl, wie ein blaues, tiefes

Wasser aussieht, wenn Wolkenschatten drüber hin-
laufen, so wechselnd, weißt Du, mal schwach, mal
stark. Na ja, mit dieser einfältigen Sprache läßt
sich ja nichts anständiges ausdrücken."

„Sei nicht undankbar, Peter! Mit allen Farben
der Welt ließe sich nicht so schön über Verleger und
Kunsthändler schimpfen, wie wirs eben in Worten
gethan haben. Was hat sie denn sonst noch Tüch-
tiges an sich, die besagte Veneranda?"

„Ja, ist denn das noch nicht genug! So ein
Profil! Und solche Augen! Übrigens hat sie
auch noch unglaublich dickes und schönes Haar.
So den ganzen Kopf voll, wie man sich gewählt
auszudrücken pflegt. Kurzum: eine Gewitterwolke
von Haaren."

„Du liebst die Gleichnisse, Peter. Du solltest
Leitartikel schreiben oder Gedichte machen."

Peter sah mich schief von oben an, mit einem
Blick, als wollte er sagen: Wärst Du nicht mein
Freund, so schlüge ich Dir ein paar Zähne ein.
Dann bemerkte er: „Ich begreife die Wuth des
guten Gugu-Toni."

„Das ist Der mit dem bösen Blick? Aber
einen schönen Namen hat er, das muß ich sagen."

„Na ja, man nennt ihn so, weil er seit

Jahren seine Motive in der Au Gugu bei Bozen sucht."

„Da hat er keinen schlechten Geschmack."

„Und nicht blos landschaftlich, wie Veneranda zeigt."

Da endlich erbarmte ich mich seiner. Ich hatte es längst bemerkt, daß er mir die Geschichte zwischen Veneranda, dem Gugu-Toni und dem Anderen er- zählen wollte. Aber es war so lustig, zu sehen, wie dieser stolze Worteverächter so worteschwanger war, daß er schier platzte. Ich hatte auch kaum einige Geneigtheit, die Geschichte zu hören, an den Tag gelegt, da hub er schon an:

„Ja, Geschichte! Geschichte! Es ist kaum eine Geschichte. Es ist blos so infam komisch. Eigent- lich gräßlich! Wenigstens für den Gugu-Toni. Aber ich muß doch lachen, wenn ich daran denke."

„Siehst Du, mein Lieber" warf ich ein, „so sind wir Menschen. Wenn wir uns amüsieren, be- denkt's meistens für einen andern irgend eine Un- bequemlichkeit. Darum ist der Humor auch eine unchristliche Einrichtung."

Nun wurde er aber ernstlich wild: „Entweder verzichtest Du darauf, daß ich erzähle, oder Du verzichtest darauf, tiefsinnige Sachen zu produzieren. Recht hast Du übrigens."

"Na ja..?! Also!? Aber nu schieß los und erzähle."

Und mein Freund erzählte, indem wir die Maximilianstraße hinauf, über die Isarbrücke weg und schließlich in den Hofbräuhauskeller gingen, als welcher eine recht passende Lokalität für Erzählung von Geschichten ist, die zu kurz sind, um ohne Maßkrugbegleitung zu hinlänglicher Ausdehnung ausgebreitet werden zu können.

Es ist so nett, Geschichten in Kapitel einzuteilen; es macht so einen soliden, disponierten Eindruck und giebt dem Ganzen etwas wie ein festes Gerüst. Ich möchte nicht darauf verzichten, wüßte aber nicht, wie ich es in diesem Falle mit einiger Bedeutsamkeit erreichen sollte. Da kommt mir, ungezwungen und freundlich, die Einheit des Maßkruges entgegen. Ich gebe meiner Geschichte soviel Einschnitte, als mein Freund zu ihrer Begleitung Maßkrüge füllen ließ, und beginne sogleich mit dem —:

I. Maßkrug.

Der Gugu-Toni, ein Maler wiederkäuender Tiere und auch sonst ein recht netter Kerl, kam einmal auf die Idee, nach Venedig zu fahren. „Verflucht nochmal," sagte er, „es hängt dort ein alter Hut voll schöner Bilder, wie Herr Bädeker behauptet, und die sollte man sich wirklich mal ansehn." Er sagte das im Café Luitpold und zu seinem Freunde dem Madonnen-Meyer, der also genannt wird, weil er die schrullenhafte Eigentümlichkeit hat, Madonnen zu malen, ein Sujet, das im Allgemeinen nicht mehr im Schwange ist, weil der Klerus eine so brünstige Vorliebe für Oelbrucke an den Tag legt.

Der Madonnen-Meyer lächelte, als er Gugu-Tonis Plan vernahm, auf eine fast stilistische Manier, so sehr war ihm der Archaismus in Fleisch und Blut übergegangen. Dann bemerkte er gütig: „Lieber Freund, Tizian hat keine Viehstücke hinterlassen."

„Vermutlich, weil er keine gekonnt hat", erwiderte mit schöner Gelassenheit Gugu-Toni. „Uebrigens, mein Engel, interessieren mich die Viehstücke anderer Leute gar nicht. Das machen wir selber. Aber solche alte Heiligkeiten, weißt Du, na und überhaupt was nicht Viehstück ist, das hat meine Liebe. Und außerdem: was soll ich mit all dem Gelde für meine „Ochsen an der Gabeldeichsel" anfangen? Ich fahre nach Venedig!"

Das Geld für die p. p. Ochsen fuhr dem Madonnen-Meyer in die Nase. Mit einem tiefgefurchten Holzschnitt-Lächeln bemerkte er: „Wenn Du eine Spur von christlichem Gefühle, aber daran ist bei Euch nicht zu denken, nein, wenn Du nur eine blasse Bohne von Anstand hältest, so erspartest Du mir das Anhören so plumper Protzigkeiten und bedächtest, wie diese Kapitalistenmanieren auf einen Menschen wirken müssen, der, weil er keine agrarischen Bilder malt, und weil er überhaupt drei bis dreizehn Jahrhunderte zu spät auf die Welt gekommen ist, seine Arbeiten nicht einmal auf dem Hausierwege los wird."

Gugu-Toni ist ein guter Kerl. Wie er den Madonnen-Meyer so leiden sah, brodelte ein großes Gefühl recht angenehm warm in ihm auf, und er sprach: „Weißt Du was, Mann: komm mit nach Venedig!"

„Auf Deine Rechnung und Gefahr?"

„Auf meine Rechnung und Gefahr!"

„Wann fahren wir los?"

„Morgen mit dem Frühzuge!"

II. Maßkrug

Also, die beiden Freunde fuhren nach Venedig. In Bozen wäre Gugu-Toni beinahe abtrünnig geworden. „Weißt Du was?", sagte er, „fahr alleine. Es ist eigentlich ein Unfug, an der Au Gugu vorbei zu fahren und sich diese alten Heiligen anzusehen. Wer weiß, während ich dort vor dem alten Zeug herumturne, schlachten mir die Hunde hier meine besten Ochsen."

Aber der Madonnen-Meyer wußte Trost und Zuruf: „Die alten schlachtet man und junge werden gekalbt. Die Ochsen sterben nie aus, dafür sorgen die Stiere. Aber die alten Bilder werden übermalt, und wenn sie nicht übermalt werden, kommt irgend so ein gelehrtes Filou mit einer Brille auf der Nase und einem Fläschchen Salmiakgeist in der Tasche, setzt sich erst zwei Stunden vor so ein Bild und dann zwei Jahre vor einen Haufen Bücher und beweist schwarz auf weiß, daß das Bild unecht ist. Darum: keinen Verzug!

Eilen wir! Auf der Rückfahrt kannst Du ja bei Deinen Ochsen aussteigen."

„Das versteht sich am Rande," erwiderte der Gugu-Toni, „zweimal fährt kein anständiger Mensch an der Au Gugu vorbei."

Und dann waren sie denn in Venedig; und es gab keinen Tier- und keinen Madonnen-Maler mehr, sondern nur noch zwei Künstler, die sich gar nicht genug thun konnten vor hellem Entzücken über all die schönen Dinge dieser alten Kunst.

Anfangs liefen sie nach dem Bädeker. Dann schmissen sie das Buch in die Lagunen und zogen führerlos von Wunder zu Wunder.

„Meine Augen sind mein Bädeker!" sagte der Madonnen-Meyer stolz, und Gugu-Toni pflichtete ihm bei. Sie pflichteten einander überhaupt immer bei. Sie waren sich wunderbar nahe gekommen, und es genügte, daß der Eine nur mit den Augen zu einem Bilde hinaufzwinkerte, um dem Andern zu sagen, was er fühlte. Hier und da würzte eine kleine freundschaftliche Bosheit die süße Suppe dieses fast ans Mythologische grenzenden Einver-

nehmens der beiden. Man hätte sie sonst gar
nicht wiedererkannt.

Der Madonnen-Meyer: Ich begreife nicht, wie
man bei soviel anständigem Kunstverständnis ewig
Gugu-Ochsen malen kann.

Der Gugu-Toni: Ich begreife nicht, woher
Einer angesichts dieser alten Madonnen den Mut
hernimmt, neue zu malen.

Aber im Grunde lernten sie sich hier auch
künstlerisch verstehen. Was eine seltene Sache
zwischen Künstlern ist.

„Kapieren sollte man eigentlich alles können,"
meinte Gugu-Toni, „aber machen blos das, was
man kann."

„Ja, und nicht über das schimpfen, was man
nicht kann," fügte der Madonnen-Maler bei.

„Überhaupt: Kindlein liebet euch unter einander!
Meinst nicht auch, Max?"

„Natürlich, Toni! Und s e h r lieben! Schon,
um ein Gegengewicht zu haben gegen diese infame
Gesellschaft, die unsereinem bloß Wurstigkeit ent-
gegenbringt. Herrgott, wenn ich denke, was die
Leute damals für Aufträge kriegten!"

„Na, Max, weißt Du, damals wären eben die
Viehmaler verhungert. Es kommt jeder mal dran."

„Hols der Teufel! Aber wenn nur nicht immer ein Jahrhundert dazwischen läge. Und ich kann nun mal keine Wiederkäuer malen!"

„Wird schon kommen!"

„Niemals!"

„Ich meine das Geld für die Madonnen."

„Niemals!"

„Na und bis dahin, weißt Du, bis die Mode wieder umkippt, helf ich Dir halt aus."

„Und ich später Dir!"

So sehr liebten sie sich!

III. Maßkrug

Eine ganze Woche waren sie so in Venedig, unzertrennlich wie Haasenstein u. Vogler, ein Herz und eine Seele, und es schien, sie würden Tandem durchs Leben fahren bis an ihr seliges Ende.

Da kamen sie eines Tages in der Nähe der Kirche San Zacharia bei einem Antiquitätenhändler vorüber. Ein alter Mann mit einem schönen Kopfe stand vor dem Laden, und da er sah, daß sie Interesse an einem alten Bilde in der Auslage nahmen, lud er sie mit Höflichkeit ein, näher zu treten. Mit dem scharfen Blicke des Venezianers für Nationalitäten hatte er sie als Deutsche erkannt und deutsch angesprochen. Sie folgten ihm also und ließen sich zeigen, was er an Bildern stehen, hängen und liegen hatte. Es war nichts rechtes darunter, und die beiden machten kein Hehl daraus, daß die Sachen nur für reisende Schinkenforscher Interesse hätten, unter welchem Namen sie überein= gekommen waren, die Kunsthistoriker zu bezeichnen.

Der Alte zuckte die Achseln: Ja, die guten Sachen,
die doch nur von ein paar Leuten geschätzt würden,
die stellte er nicht in seinen Laden. Dazu wären sie
ihm zu schade, er hätte sie in seiner Wohnung. Da
die Herren, wie er mit Vergnügen bemerkte, wirkliches
Verständnis hätten, und da sie Künstler seien, als
für welche Menschengattung er viel Sympathie fühlte,
so seien sie höflichst eingeladen, ihn zu besuchen.

Die Einladung war ihnen eigentlich fatal, denn
sie dachten garnicht daran, zu kaufen. Aber der
Alte schien kein gewöhnlicher Kunsttröbler zu sein,
und, da er selber beteuerte, sie könnten ganz ungeniert
kommen und gehen, ohne einen Kauf zu machen,
so sagten sie zu, ihn am Nachmittag zu besuchen.

„Das ist ein Leim!" sagte Gugu-Toni, „der
Kerl kennt die anständige Nation der Deutschen
und kalkuliert, daß wir uns eher ruinierten, als
ohne so einen Schinken abzuziehen."

„Es ist ein Leim, zuverlässig!" bestätigte der
Mobonnen-Meyer. „Ich schlage vor, wir brechen
unser Versprechen."

„Brechen wirs!"

„Die Sache ist entschieden. Jeder ist seinem Portemonnaie der Nächste. Wir brechen."

Mit dem angenehmen Gefühle, durch profunde Menschenkenntnis einer greulichen Gefahr entronnen zu sein, entfernten sich die Freunde aus der Parochia San Zacharia und freuten sich schon, was für schöne Dinge ihnen der Nachmittag spenden würde in Kirchen, Sammlungen, Palästen, — nur nicht bei dem gefährlichen Alten.

Aber wenn der Himmel boshaft ist, regnet er.

Eine Weile waren die beiden zwar standhaft und blieben im Hotel. Aber schließlich brach der Madonnen-Meyer, der von seinem Platz auf dem Sopha direkt den Blick auf einen Oeldruck in Grün und Sepia hatte, knirschend aus: „Diese Symphonie an der Wand idiotisiert mich."

„So schau doch nicht hin," meinte Gugu-Toni.

„Ich muß. Es geht mir wie mit einem hohlen Zahn. Je mehr er mir weh thut, um so wütender muß ich drin herumstochern."

„Also dreh Dich um."

„Diese eingerahmte Kanaille bringt mir durch die Schädeldecke ins Bewußtsein."

2

„Aber wir können doch nicht in diesem Regen hinausschwimmen!"

„Also gehen wir halt in Gottesnamen zu dem alten Gauner! Er muß seine Höhle in der nächsten Nähe haben. Sagte er nicht San Tomà?"

„Ja. Gut. Gehen wir. Aber, daß Du mir nicht begeistert wirst, wenn Du was Schönes siehst. Wir finden Alles schlecht! Alles! Wir nehmen nichts mit! Absolut nichts! Und wenn es ein Tizian wäre!"

„Ich kann überhaupt nichts mitnehmen. Du hast die Hosen mit dem Portemonnaie an."

Da brauste Gugu=Toni auf: „Du bist ein Prolet! Das ist doch wahrhaftig ekelhaft! Hab' ich Dich ein= geladen, mitzukommen, damit Du mich wie einen ver= mögenden Kunstfreund behandelst? Es versteht sich doch am Rande, daß, wenn uns was gefiele, wir es für uns zusammen kaufen. Ich habe Dir gesagt: Wir teilen Alles auf der Reise. Und nun be= nimmst Du Dich, als wenn ich Dich hungern ließe!"

Das rührte nun wieder den Madonnen=Meyer sehr, und er sprach in überströmender Ergriffenheit: „Du hast recht, Toni, ich bin ein..."

„Nenne das Tier nicht! Es gehört zu meinen Modellen! Aber sei so gut und vergiß nicht, was

ich nun zum letzten Male gesagt habe: Wir teilen
absolut und ausnahmslos!"

Der Madonnen-Meyer schämte sich, wie ein
Mensch, den man aufmerksam gemacht hat, daß seine
Garderobe an fataler Stelle lückenhaft ist. Und
er sprach mit leiser Feierlichkeit und bedeutsam:
„Nein, ich will es nie vergessen."

Des IV. Maßtrugs erste Halbe

Der alte Antiquar wohnte in einem alten Palazzo und empfing die beiden Freunde mit der Würde eines alten Nobile.

„Ich freue mich, daß Sie gekommen sind. Sie werden es nicht bereuen. Oh! Ho delle belle cose! Einen Giorgione!"

„Na, na," meinte der Madonnen-Meyer, „wir wollen gar nicht so hoch hinaus. Wir sind schon mit einem Tizian zufrieden."

„Oh, Signore, höhnen Sie nicht. Es ist ein Giorgione! Assolutamente. So schön, so echt, daß ich ihn nicht verkaufe. No! Invendibile! Der gehört nicht zu dem Tröbel. Ich darf ihn nicht verkaufen. No! No! Ich hätte ewigen Jammer im Hause, wenn ich's thäte. Un continuo tormento! Meine Tochter würde es nicht zugeben. Mai! Mai! Sie würde es nicht zugeben. Mai! Mai! Sie hält ihn fest. Ja! Sie liebt ihn. Ja! Un amore profondo! Und sie hat recht. Oh, mein Giorgione!"

Der Alte trippelte vor Entzücken und führte

die Freunde in einen langen Saal, in dem ein
paar hundert alte Bilder, Büsten, Vasen, Truhen,
Schränke, Tische, Teppiche, Waffen herumhingen,
standen und lagen.   .

„Sehen Sie sich das erst an, meine Herren.
Guardino! Gute Sachen. Allerlei gute Sachen.
Oh ja: gut, gut! Davon können Sie haben,
Tutto da vendere! Das ist schön? Wie? Oh
ja: schön! Guardino, guardino!"

Der Madonnen-Meyer schoß von Stück zu Stück
und wurde von Stück zu Stück aufgeregter.

„Donnerwetter ja! Sie haben ja herrliche
Sachen. Ganz köstliche! Das ist ja wundervoll!
Wundervoll!"

Gugu-Toni bremste: „Halt doch das Maul!"
Aber er selber kam auch bald ins Schwärmen.

Der Alte war entzückt.

„Oh, das ist schön, wenn Leute kommen, die
Verstand in den Augen haben, gente, che com-
prendeno. Da zeigt man gerne. Aeh, die vielen
andern, die blos so herumgehen und blind sind und
nichts können als fragen: Cinquecento? Quanto
costa?"

„Aber wo ist der Giorgione? Ich sehe keinen
Giorgione!" rief der Madonnen-Meyer.

„Der Giorgione, Signori, ist nicht hier," antwortete der Alte feierlich. „Diese Sachen sind schön, sind gut, sind echt, sind eminent. Meravigliose! Aber der Giorgione ist nicht unter ihnen. Oh mai! Er würde sie zerdrücken, vernichten. Nein, der Giorgione kann nicht unter ihnen sein. Non è possibile. Der Giorgione hat ein Zimmer für sich."

„Ah!"

„Ja, der Giorgione wohnt bei meiner Tochter."

Die beiden mußten lachen.

„Warum lachen Sie?" fistelte der Alte ärgerlich. „Er ist nicht lächerlich, der Giorgione. Non è ridicolo. Er ist sublim. Er ist, ja, ah, er ist ein Gedicht. Una poesia! Sie werden nicht lachen, wie Sie ihn sehen. Sie werden beten. O! Ja! Kommen Sie! Vengano."

„Der Alte ist übergeschnappt", meinte Gugu-Toni leise, während sie hinter dem ganz aufgeregten Antiquar hergingen.

Der klopfte an eine Thüre, lauschte, klopfte noch einmal, dann drückte er auf eine Klinke.

„Kommen Sie, meine Tochter ist nicht da."

Aber wie sie eintraten, öffnete sich auf der andern Seite eine Thüre, und ein junges Mädchen trat von dort gleichzeitig mit ihnen ins Zimmer,

ein Mädchen, wie aus einer antiken Gemme ge-
schnitten, ein griechischer Kopf auf dem Körper
einer Spanierin.

„Sti quà xe quei do pittori tedeschi, che
vol veder' el nostro Giorgione," erklärte der Alte.

Das Mädchen machte eine leichte Verbeugung
und lächelte: „Dort."

Das Bild hing verhüllt über einem alten
Renaissance-Sopha.

„Versi la coltrina!" flüsterte der Alte nervös.

Sie zog den Vorhang bei Seite.

Es sah schön aus, wie sie's that. Ein bischen
schüchtern, aber man merkte, wie stolz sie auf diesen
Schatz war.

Ah!

Das Bild war herrlich. Ein junger Mann
auf einem Säulenschaft, der in eine Landschaft
hinein zu träumen schien, aber über die Köpfe der
Beschauer hinweg, mit jenem Blicke tiefstruhigen
Versunkenseins. Diese Augen! Solche, die noch nie
begehrt haben und unschuldig, doch mit Hingabe
empfangen. Und doch die Augen eines jungen
Mannes, der einmal gebieten und besitzen wird.

Die beiden Maler geriethen außer sich.

„Siehst Du, das ist das, was wir heute noch

nicht wieder können! Der Kerl guckt über uns
weg. Aus unsern Bildern schielts immer."

„Das, das ist ... Der Teufel auch, was ist es
denn eigentlich? Woran liegts denn? Weißt Du's?"

„Laß doch! Ich weiß gar nichts. Naiv, wie?"

„Quatsch: naiv! Was heißt denn das? Das
ist ..."

„Sonderbar, das ist so, so absolut, weißt Du."

„Hm. Ja. Man merkts gar nicht, weshalb
das Ding so wirkt. Es ist einem ganz wurscht,
wie es gemacht ist."

„Es steht da, wie wenn Einem plötzlich auf
der Straße was schönes ansieht, das Einen raus-
reißt aus dem Matsch, so, wie wenn Einen mitten
im Tumult ein schönes Mädchen ansieht, nein, nicht
ansieht, blos so mit den Augen vorbeischeint."

„Das Seltene ist's, Max, das Seltene, das
Einem aber doch eigentlich ganz vertraut ist."

„Man erinnert sich an das Bessere, das man
sonst immer vergessen hat ..."

„Gott, was für infame Esel sind wir!"

Besonders der Madonnen-Meyer schwärmte und
beschuldigte sich unaufhörlich der gräulichsten Stüm-
perschaft, schwor, alle seine Quadrat- und Oval-

Schinken zu zerschneiden, zerhacken, zermalmen, und
fuhr sich wild in den Haaren herum.

Die Tochter des Antiquars, die er nicht mit
einem Blick betrachtete, schien innerlich jedes Wort
mitzusprechen, sie verwandte kein Auge von ihm,
während sie ihrerseits vom Gugu-Toni, der sich
schneller abgekühlt hatte, mit mehr als Aufmerksam-
keit betrachtet wurde.

Schließlich mußte man gehen. Aber beide Freunde
baten inständig, wiederkommen zu dürfen. Der
Alte, der vor Entzücken tanzte, daß sein Heiligthum
so stürmisch verehrt wurde, antwortete einfach:
„Jeden Tag, Signori, jeden Tag! Wir freuen uns
mit Ihnen! Kommen Sie nur!"

Und das kleine Fräulein sagte mit ein wenig
gedämpfteren Worten dasselbe.

Als die Freunde am Portale standen, raufte sich
der Madonnen-Meyer immer noch die Haare.

„Das Bild! Das Bild! Herrgott! das Bild!"

„Ja, es ist sehr schön!" sagte Gugu-Toni.

„Schön! Schön?! Schön??! Quatsch! Gar
nicht schön! Was heißt schön? Es ist rasend!"

„Du bist verrückt, Max! Du bist hypnotisiert.
Hast Du denn das Mädchen nicht gesehen?"

„Was für ein Mädchen?"

„Die Tochter."

„Herrgott, was für eine Tochter?"

„Na, die von dem Alten!"

„Ja so! Ja wohl. Ganz nett."

„Sie ist herrlich!"

„Laß mich aus. Ich pfeife auf schöne Mädchen, wenn ich sowas sehe."

„Na ja, ja! Dich hats. Übrigens hast Du recht: Das Bild ist kostbar."

„Reden wir nicht! Reden wir nicht! Die Augen!"

„Merkwürdig für eine Italienerin: sie sind blau."

„Himmelherrgottsdonnerwetter, ich spreche nicht von dem Frauenzimmer!"

Des IV. Maßkrugs zweite Halbe

Also, die beiden Freunde gingen wieder zu Signor Laurenti, so hieß der Antiquar, und besuchten den Giorgione, der bei Fräulein Veneranda wohnte. Wohl an die zehn Male machten sie den Weg.

Sie wunderten sich manchmal selber darüber, daß sie jeden Tag nach Tisch den alten Thürklopfer mit dem Delphinrachen in der Hand hatten. Sie äußerten auch ihre Verwunderung und beteuerten, daß es anfinge, lächerlich zu werden, ewig dieses Bild zu besuchen.

„Pardon, Toni, sei so freundlich und lüge nicht: Du hast schon gestern den Giorgione überhaupt nicht angesehen. Du gingest auch hin, wenn der Ölbruck mit den Ragoutfarben über dem Sopha hinge," erklärte der Madonnen-Meyer mit dem Tone einer gewissen Geringschätzung.

„Ha! Köstlich! Wirst Du nicht gleich sagen, ich wäre verliebt?"

„Ich sage gar nichts. Ich habe blos Augen zum
Sehen im Kopf."

„Schon recht. Natürlich! Ich bin der Idiot,
der Materialist, der blödsinnige Celadon. Als ob
man nicht auch ein rein ästhetisches Vergnügen an
einem schönen Mädchen haben könnte!"

„Mein Gott, ich mache Dir doch keine Vor-
würfe! Jeder nach seinem Temperament. Heirate
meinetwegen den Wulst Haare."

„Lächerlich! Die Person ist mir sehr schnuppe."

„Na also?"

„Ja, was denn?"

„Reden wir von was Besserem!"

„Jedenfalls nicht darüber!"

Und in der That, es wurde zwischen ihnen der
Name Veneranda nicht mehr erwähnt. Man war zwar
jeden Nachmittag und einmal auch des Abends mit
ihr und dem Alten zusammen, aber man hütete sich mit
wahrer Angst, ihren Namen in den Mund zu nehmen.

Das war sonderbar und unbequem. Man war
sich noch herzlich Freund, aber man fühlte was
Hinderndes zwischen sich.

Der Gugu-Toni empfand es offenbar am
stärksten, denn eines Tages eröffnete er dem
Madonnen-Meyer, daß er nicht mehr Lust habe,

als Amphibium zu leben. Er sehne sich nach Erde
und grünen Wiesen mit Rindvieh, überhaupt nach
Landschaft. Er sei doch kein Marinemaler, und das
Lagunenvieh reize seinen Pinsel nicht im mindesten.
Wenn's wenigstens noch Seetiere gäbe. Aber
so . . . .

„Ich möchte weiter. Nach Florenz!"

Der Madonnen-Meyer nickte merkwürdig ernst,
fast im Stile der byzantinischen Mosaiken von San
Marco. Dann sagte er: „Dann werde ich, wenn
Du mir das Reisegeld pumpst, nach München zu-
rückreisen."

Und Toni, ohne ihn auch nur andeutungsweise
zum Mitreisen einzuladen, zog sehr schnell sein
Portemonnaie und gab das doppelte.

„Danke schön!" sagte der Madonnen-Meyer, der
überhaupt etwas maulfaul geworden war in der
letzten Zeit.

Abschiedsbesuch beim Giorgione. Aber als höf-
liche Leute beschäftigten sich die beiden, der Madonnen-Maler nicht ausgeschlossen, diesmal mehr
mit dem lebendigen Mädchen als mit dem gemalten
Jüngling.

Gugu-Toni that es mit verhaltener Wehmut. Sein Ausdruck hatte etwas Hülfloses. So
sehen Kinder aus, die zum ersten Male von Muttern
müssen. Heiß, wie von neapolitanischen Lippen, wogte
sein: a rivederla. Selten gelingt Germanen ein so
dumpf gerolltes rl, wie es dieser Tiermaler hier voll-
brachte.

Der Madonnen-Meyer sagte bloß: Abieu.

Die Schlußhalbe

Erst fuhr Meyer ab. Drei Stunden später Toni. In sechs Stunden war Meyer in Bozen. In zehn Stunden Toni in Florenz.

Das giebt für Meyer einen Vorsprung von rund sieben Stunden.

Vorsprung? Wieso?

Geduld! Gleich wird sichs enthüllen.

Wir sind bei der Peripetie dieser sonst un= dramatischen Geschichte. Jetzt gilt es Ruhe!

Wir sehen im Geiste zwei Eisenbahnzüge. Mit Gestampf und Geratter sausen sie durch die Nacht. Südwärts der eine. Nordwärts der andere. Die Passagiere, voran Alt=Englands reisegeübte Söhne, schlafen den Rumpelschlaf.

Nur zweien versagt sich der Mohn=Gott. Aufrecht sitzen Meyer und Toni und starren durchs Kupee= fenster in die Nacht, dorthin, wo Benedig liegt.

Denkt Meyer an Toni? Denkt Toni an Meyer? Nein: Beide denken an Veneranda.

Wehe! Auch Meyer?

Ja! Auch Meyer.

Meyer denkt: Was soll ich in München?

Toni denkt: Was soll ich in Florenz?

Beide denken: Veneranda ist in Venedig.

Meyer denkt: Der gute Toni wird bald im blumigen Florenz sein. Eine interessante Stadt. Gott schütze ihn und erhalte ihn dort recht lange und bei guter Gesundheit.

Toni denkt: Der gute Max wird bald im braven München sein. Es sitzt sich allda recht kühl und angenehm im Hofbräuhaus. Gott schütze ihn und erhalte ihn dort in Frieden.

Beide denken: Veneranda ist in Venedig.

Meyer denkt: Der Toni ist ein guter Kerl, aber ...

Toni denkt: Der Max ist ein braver Bursche, aber ...

Beide denken: Aber Veneranda ist mir immerhin lieber.

Meyer denkt: Es ist eine Gemeinheit von mir, wenn ich jetzt heimlich wieder nach Venedig fahre, aber ...

Toni denkt: Es ist nicht nett von mir, wenn ich jetzt heimlich wieder nach Venedig fahre, aber . . .

Beide denken: Aber Veneranda ist in Venedig.

Und beide lächeln. In diesem Lächeln steckt das Wort: Was kann da sein?

Dann studieren beide das Kursbuch. Es scheint, daß beide mit dem Resultate ihres Studiums zufrieden sind.

Meyer denkt: Ich habe in Bozen gerade Zeit, einen Korb Pfirsiche zu kaufen.

Toni denkt: Es langt in Florenz gerade, einen Korb Rosen auszusuchen.

Beide denken: Was wird sie für Augen machen!

Wir haben die Peripetie überstanden. Nun fragt sichs blos noch, wies ausgeht.

Wer wettet auf Gugu-Toni? Wer wettet auf den Madonnen-Meyer?

Die Chancen sind gleich. Zwar hat Meyer mit den Pfirsichen sieben Stunden Vorsprung, aber Toni mit den Rosen ist, wie wir wissen, schon früher nicht faul gewesen und hat seine Blicke

3

feurig und beredt spielen laſſen, als jener bloß
immer den Giorgione anſtarrte und die Gegenwart
des ſchönſten griechiſchen Gemmenkopfes auf dem
biegſamſten ſpaniſchen Körper gefühllos überſah.

Der eingeschobene Rabi

Wie mein Freund Peter mit seiner Erzählung bis hierher gediehen war, ließ er sich einen Rabi kommen, schälte ihn ganz langsam und sprach: „Es ist doch eine Gemeinheit? Nicht?!"

„Oh ja," sagte ich, „und ich hoffe deshalb, daß sich beide schneiden. Veneranda hat jetzt eine erhabene Mission: Sie muß die verletzte Freundestreue rächen. Sie braucht gar nichts zu sagen, sie braucht blos die beiden Körbe zu nehmen, zu leeren und mit hoheitsvollem Schweigen zurückzureichen."

„Ja", warf da Freund Peter ein: „Wenn sie nun aber selber schon verliebt ist?"

„In welchen??" rief ich schnell.

Aber Peter, sehr gelassen: „Nicht so voreilig, mein Junge! Erst der Rabi! Siehst Du: Dieser Rabi kommt in jeder guten Geschichte vor. Kosten wir ihn aus"!

„Er könnte saftiger sein," meinte ich, um ihn durch Ärger anzuspornen.

„Er hat blos noch nicht geschwitzt. Es ist überdies ein technischer Fehler, diesen Novellenrabi so schnell aufzuessen. Lassen wir ihn schwitzen und stellen wir unterdessen ein paar moralische Betrachtungen an. Z. B.: Wer ist der Gemeinere von den Beiden?"

„Hm. Eine Preisfrage. Schön ists von beiden nicht, aber beim Madonnen-Meyer kommt noch die Schnödigkeit des Undanks dazu," fand ich.

Peter machte ein schiefes Gesicht: „Nun ja; Undank; gewiß; es ist nicht nett von Meyer'n, daß er sich erst mit nach Venedig nehmen läßt und dann versucht, auf eigne Faust zu rauben. Aber das ists schließlich doch nicht eigentlich. Der Gugu-Toni steht moralisch, find ich, deswegen reiner da, weil er ja keine Ahnung davon hat, daß auch Meyer in Flammen steht. Der Gugu-Toni ist überhaupt nur in sofern zu tadeln, als er nicht mit deutscher Ehrlichkeit gerade herausjagte: Max, reis' nach Hause; Du störst mich jetzt; es ist ein Objekt erschienen, auf das wir unsern Schwur, zu theilen, nicht anwenden können!"

Peter sagte das sehr ernst. Dann fuhr er ebenso ernst fort: „Dieser Schwur, zu theilen, ist, wie Du bemerken mußt, überhaupt der Konflikts-punkt! Da liegts! Darin haben beide gefehlt, daß

sie den vergessen haben! Sie hätten Veneranda
theilen müssen!"

„Du bist verrückt!"

„Ich meine nicht: halbieren, sondern ich meine:
Gugu-Toni hätte sagen müssen: Wir haben uns
gelobt, daß keiner von dieser Reise etwas für sich
alleine behalten soll. Nun ist aber diese Veneranda
aufgetaucht, die nicht gemeinschaftlich besessen werden
kann. Entweder also: entbinde mich in diesem
Falle meines Gelöbnisses, oder, wenn du selber zu
besitzen wünschst, komm mit mir überein, daß jeder
von uns eine Woche lang selbständig werben
kann. Wer der Erste sein soll, dies werde aus-
geknobelt."

Peter sagte das mit dem ganzen Ernste und
der breiten Sicherheit eines Müncheners, der vier
und eine halbe Maaß ohne Überanstrengung genossen hat. Ich, der ich nicht so weit und daher
moralisch nicht so gefestet war, mußte lachen:

„Aber Peter! Die Liebe! Die Liebe! Da ist
Kampf die Parole. Kampf mit List oder Gewalt.
Verliebte greifen zu. Wenn sich was greifen läßt."

Peter warf den Rest des Rabis mit Trauer in
den Sand:

„Das ist eben das Schnöde am Menschen, daß

er nur in Nebensächlichkeiten anständig ist. Wo's um die Wurst geht, schnappen die Hunde. Ach, und daß die Würste dem frechsten Maule am nächsten hängen!"

„Ja, ja," meinte ich, um nicht Frivolität zu verraten.

„Und Veneranda war auch so eine Wurst," klagte Peter und sah in den Krug.

Damit sind wir aber aus der Moral heraus und wieder in der Geschichte.

Der Schluß-Halben Reſt

Der Madonnen-Meyer war natürlich von Kurs-
buchs wegen zuerſt in Venedig. Kaum, daß er ſich
Zeit nahm, ſich auf dem Markusplatze die Stiefeln
putzen zu laſſen, — gleich lief er ins Haus des
Antiquars.

Veneranda war allein.

„Ah!" ſagte ſie, aber in dem Wort lag ein
ganzer Satz, nämlich: Darauf war ich gefaßt, und
es freut mich, daß ich mich nicht geirrt habe.

Der Madonnen-Meyer, ohne den Giorgione
auch nur eines Blickes zu würdigen, und mit un-
fehlbarem Inſtinkt aus dieſem Ah den ganzen Satz
erfaſſend, ging mit der Angſt des böſen Gewiſſens
und mehr noch mit der Zuverſicht des Mannes,
der das Prävenire mit Glut zu ſpielen weiß, ſo-
gleich ins Zeug.

Es iſt unmöglich, in derſelben Kürze, wie es
geſchah, zu erzählen, wie es gemacht wurde. Es

spielen da eine Menge Faktoren mit, die überhaupt
nicht erzählt werden können und die Sache doch
unendlich mehr fördern, als Worte. Die Augen
z. B., gewisse Tonfallnüancen, ganz kleine Bewegungen, — kurz: das gehört ins Gebiet der Mimik.

Binnen einer halben Stunde hatten sich die
Beiden so vollkommen ausgesprochen, daß es im
ganzen Gebiete des Menschlichen nichts gab, das
sie ihrer Meinung nach nicht vollkommen erschöpft
hätten.

Besonders bedeutsam war vom Magnetismus
die Rede. Zwischen ihnen, so behaupteten sie mit
aller Bestimmtheit, sei ein magnetisches Band unablässig thätig gewesen, sie immer fester aneinander
zu schließen. Veneranda ging darin am weitesten,
indem sie die Länge dieses Bandes bis München
ausdehnte und behauptete, es sei schon dagewesen,
ehe sie sich gekannt hätten. Ob Max nicht bemerkt
hätte, daß die Augen des Jünglings auf dem Giorgione genau die seinen wären?

Das war kühn, denn der Madonnen-Meyer
hatte ebenso ausgesprochen blaue wie jener träu-
merische Jüngling braune Augen hatte. Aber
da Liebe blind ist, muß sie wohl auch farben-
blind sein.

Auch vom Gugu-Toni war im Vorbeigehen
die Rede.

„Ach, der ist drollig," meinte Veneranda, und
der Madonnen-Meyer war verworfen genug, recht
herzlich dazu zu lachen.

Ernsthaft wurde das Gespräch, als es auf den
Signor Papa kam. Der Madonnen-Meyer meinte
nämlich, die Väter seien bei so schnellen magnetischen
Verbindungen immer etwas zweifelhaft. Aber Veneranda sang:

Col diudirindi, col dandarandà
Bella figliuola carciofolà.

Der Madonnen-Meyer verstand davon zwar
kein Wort, aber er wußte doch, was es hieß, und
sah dem Erscheinen Signor Laurentis mit Ruhe
entgegen.

Und dieser Vater war auch wirklich eine Perle.
Einen Maler, der seinen Giorgione für das beste
Bild der Welt erklärte, als Schwiegersohn zu haben,
war ihm durchaus recht. So kam das Bild einmal in gute Hände. Und überdies: wann hätte
er seiner Veneranda etwas versagt? Er konnte
das Kind nicht weinen sehn, — und er stellte sich
deutlich vor, wie sie weinen würde, wenn er gerade
jetzt zum ersten Male No! sagte. Um Gotteswillen!

Nein, nein! Va bene! Ein bischen Geld stand
ja auch in Aussicht. Und dann das Talent! Be=
neranda erklärte, der Madonnen=Meyer sei der erste
Maler Deutschlands. Sie hatte es auf magnetischem
Wege.

Um dieselbe Stunde, als der Madonnen=Meyer
beim Abendessen das Zeitwort amare konjugieren
lernte, kam Gugu=Toni mit einem Riesenkorbe flo=
rentiner Rosen in Venedig an. Ein Maler schlepp=
füßigen Rindviehs mit Rosen! O ewige Macht Liebe!

Er ließ sich nicht die Stiefel putzen, aber er
hatte auch nicht den Mut, gleich vorzusprechen.
Dafür ließ er sich träumerisch in einer Gondel an
dem alten Palazzo vorbeifahren. Er sah hinauf.
Ah, da, hinter der grünen Gardine saß sie wohl;
das war ihr Schatten, oh! oh! dort im Balkon=
zimmer. Gott, war sie fröhlich! Er hörte ihr
Lachen. Und dann die Guitarre. Ob sie das ist,
die spielt? Ja, ja, jetzt sang sie, und er erkannte
die Stimme.

Allargate signori.
Fa sol la si la sol si.
Ma non posso professò.
Aiersera do re mi fa
L'innamorato mio m'ha fatto trapassa.

Auch Gugu-Toni verstand, wie der Madonnen-
Meyer, der dabei saß, kein Wort davon — dafür
wußte er aber auch nicht, was es hieß.

Am nächsten Morgen erschien er mit seinem
Korb Rosen.

„Ah," sagte Veneranda, aber es war kein ganzer
Satz in diesem Ah. Es war ein infam gewöhn-
liches Ah, ein Ausschuß-Ah ohne Tiefe und Klang;
man könnte Puppen herstellen, die es produzierten,
wenn man sie auf den Bauch drückt. Höchstens
konnte man daraus hören: Was, Der auch?

Gugu-Toni hörte gar nichts daraus, aber es
war ihm, als zöge es irgendwo; etwas Kaltes blies
ihn an. Daher es kein Wunder war, daß er von
dem, was ihn hergetrieben hatte, nichts sagte, obwohl er sich eigentlich bei allen Ochsen der Au
Gugu geschworen hatte, zu reden, „komme, was
wolle."

Er sagte überhaupt nicht viel, und Veneranda that
desgleichen. Über die Rosen freilich sagte sie ihm Ver-
bindliches. Sie seien so schön, ah, so schön. Gerade so
schön, wie die Pfirsiche, die Max aus Bozen gebracht
habe.

Max? Aus Bozen? Um Gottes Willen: was
für ein Max? Doch nicht . . .?

Gugu-Toni, der alles dies in weniger als dem Tausendstel einer Sekunde schreckhaft dachte, sagte kein Wort, aber seine Augen entluden einen Schwall gräßlich erstaunter Fragen.

Worauf Veneranda es für geraten hielt, nicht zu antworten. Das liebe Mädchen hatte nun ja glücklich gemerkt, was die Rosen aus Florenz dufteten. Und nun dachte sie sich, wie die Weiblichkeit in solchen Fällen zu denken pflegt: Der arme Kerl! Ach, der arme Kerl! Nein doch, der arme Kerl! Aber dies Bedauern war gemengt mit Süßigkeit: Gott, ist das angenehm, zu haben, was man will, und sich noch sagen zu können, daß man bloß hinzugreifen brauchte, um auch noch was anderes zu kriegen.

In diesem Augenblicke innigen Wohlgefühls (für Veneranda, denn Toni war durchbohrt von tausend Spicknadeln unsicher bohrenden Argwohns) that sich die Thüre auf, und Signor Papa erschien. Sein erstes Wort war: „Ah! Lei è qui! Das wird eine Freude für Max sein!"

Toni machte eine Verbeugung von mehr Graden, als er je eine in seinem Leben gemacht hatte. Am liebsten hätte er seinen Kopf direkt auf den Teppich gelegt. Das Wort Max tremolierte in seinem Schädel. Max! Max? Warum gerade Max! Welcher

Italiener heißt Max! Sollte? . . . ? Nein! Sein
Max hieß in dieſem Hauſe doch Meyer!

Er faßte ſich etwas und ſprach: „Sie haben
Beſuch? Auch ein Deutſcher?"

Das machte dem lieben Vater unausſprechliches
Vergnügen. „Hohohoho!" lachte er, „jawohl!
Va bene: ein Deutſcher! Hohoho! Veneranda! Oh
senti! 'Auch ein Deutſcher!' Oh, vado subito
a prenderlo!" Und er lief ans Fenſter. „Eccolo!
Da kommt er ſchon! Curri! Curri! Hat auch
Blumen gekauft, el galante!"

Schnelle Schritte im Korridor. Ein Stuhl fällt
braußen um. „Hoppla!" Eine Thür geht.

„Auch ein Deutſcher, Signore! Hohohoh!"
Thürenklopfen, wie Trommelwirbel.

„Avanti! Avanti! Grandiosa sorpresa!"
Thüre auf.

„Herrgott!"

Dem Madonnen-Meyer wären faſt die Blumen
aus der Hand gefallen.

„Du? . . . !"

Das ſagten Beide. Aber ſie ſagten es nicht
im gleichen Tone. Sie machten auch nicht die gleichen
Augen dazu.

Der Ausdrucksvollere war Toni.

Sie gaben sich die Hand. Es war das letzte Mal in ihrem Leben. Drum drückte wohl Toni auch so fest zu.

Der Antiquar war selig. „Che sorpresa! Che sorpresa!“ Sein Lachen war ein Geträller.

Veneranda war ganz still. Ihr wurde doch ein bißchen Angst, wie sie sah, daß Toni, eben noch dunkelrot, jetzt ganz weiß geworden war.

Auch der Madonnen-Meyer merkte, daß in Toni etwas Bedenkliches vorging. Er versuchte es daher mit grundbaierischem Gemütstone: „Ja, was wär denn jetzt bös?“

Der Ton fiel aber wie ein Stein in einen Tümpel. Kein Klang. Kein Echo.

Toni antwortete gar nicht, sondern sah blos so vor sich hin. Plötzlich sagte er mit großer Kühle: „Ich möchte nicht stören . . . Ich muß auf die Bahn . . . Mein Zug geht 11 Uhr 30.“

„Was, Du fährst? Nach München? Aber dann bringen wir Dich auf die Bahn! Gelt', Veneranda?“

„Gelt', Veneranda?“ sagte das Scheusal!

Toni hätte ihn zerstampfen mögen.

Aber Veneranda, erleichtert, rief: „Ja, ja! Wir bringen Sie auf die Bahn!“

„Aber ich bitte,“ ſtammelte Toni abwehrend.

Nun aber rief auch der Antiquar: Naturalmente! Wir bringen Sie auf die Bahn!“ Und zum Fenſter hinaus: „Gondola! Gondola!“ „Subito, paron!“ klangs zurück.

Veneranda hinaus, den Schleier zu holen. Der Vater hinaus, den Hut zu holen.

Die Beiden allein.

Max wollte ſich ausſprechen. Er ging auf Toni zu und ſtreckte die Hände aus. Etwas feierlich.

„Schau, Toni . . .“

Aber Toni ſtieß ſeine Hände in die Hoſentaſche, ſah den Madonnen-Meyer mit einem ſtraken Auf- und Abzucken des Kopfes wild von oben bis unten an und ſagte bloß: „Pfui Teifel!“ Dabei belaſtete er das Teifel ſo mit Betonung, daß es faſt ein Schrei wurde. Dann drehte er ſich um und ſtarrte mit einem grimmigen Lächeln in ſeinen Roſenkorb.

Der Madonnen-Meyer zuckte mit den Achſeln. Dann ſagte er: „Wie Du willſt. Übrigens könnte ich gerade ſo ſchimpfen. Was Du nicht willſt, das man Dir thu u. ſ. w.! Haſt Du mich vielleicht

orientiert? Überhaupt: Du bist schon heiter! Was
geht es denn Dich an, mit wem ich mich ver=
lobe?"

„Verlobe!" murrte Toni.

„Oder bist Du wegen dem Giorgione umgekehrt?
He?"

„Jetzt halts Maul, sag' ich!"

„Himmelsakra, red nicht in dem Tone! So
stehen wir nimmer. Das is vorbei, vorbei is!"
Jetzt wurde er wütend. Er fühlte sich ein bischen
hausherrisch. Kam da einer und insultierte ihn in
seinem eigenen Hause! Er hätte ihn hinauswerfen
mögen.

Es hätte vielleicht wirklich ein kleines Hand=
gemenge gegeben, wenn nicht jetzt Veneranda und
der Alte eingetreten wären.

„Die Gondel ist da," sagte Veneranda mit
süßem Tone.

„Also, fahren wir!" sagte Max etwas herber.

Und der Gugu=Toni war so zernichtet, daß er sich
wirklich auf die Bahn bringen ließ und das Schau=
spiel erduldete, die beiden Schlangen traulich anein=
ander geschmiegt auf dem Gondelpolster vor sich hin=
gegossen zu sehen. Eine anmutige halbe Stunde das.

O, daß die Lagune tief wäre, wie der Ozean! Aber sie ist nur schmutzig und voll Schlamm wie die Seele dieses ... dieses ...

O! ...

Der Abschied auf der Bahn ließ an Herzlichkeit zu wünschen übrig.

Der Rettigschwanz

Meinem Freunde Peter war das Bier schon ausgegangen, als er in der Erzählung beim Eintritte des Madonnen-Meyers angelangt war. Deshalb, fürcht ich, hat die Geschichte zuletzt einen etwas traurigen und grausamen Ton angenommen.

Indessen, als er den Gugu-Toni nebst Begleitung glücklich an den Zug gebracht hatte, raffte er sich auf. Er nahm den Rettigschwanz, den er vorhin in jener schönen Regung von Menschheitsekel weggeworfen hatte, vom Boden auf, ließ ihn zwischen Zeigefinger und Daumen der rechten Hand runbum wirbeln und sprach mit dem heiteren Tone, den nur der besitzt, der in den Erfahrungen dieser Welt linde abgebrüht ist, den Epilog zu dieser lehrreichen Geschichte wie folgt:

„Dreh dich, Schwänzchen, dreh dich! Siehe, aus einem Rettig kann man lustige und traurige Gesichter schneiden, wie das jene geschickten Leute

thun, die mit Rettigköpfen oder Kartoffeln Schicksale
der Menschen tragieren. Das ist Kunst. Mich freilich
dünkt es zuweilen, das Bessere sei, man esse ihn
wie er ist, rauh und mit seinem runzligen Urgesichte.
Und sein Schwänzchen lasse man tanzen, indessen
man verdaut ... Dreh dich, Schwänzchen, dreh
dich. Aber höre zu deinem gedankenlosen Tanze
dies: Es ist mit den Menschen nicht anders als
mit den Rettigen. Das Urgesicht ihres Lebens, ob
gut ob böse, kriegen sie vom Schicksal, und so ist
es originell und echt. Wir thun gut daran, sie zu
nehmen wie sie sind, und nicht erst viel herum zu
schnitzeln, wie wir sie möchten. Wozu denn? Ein
jeder muß genossen werden, wie er gebacken ist.
Den Rest aber, den man nicht genießen kann, nehme
man säuberlich zwischen die Finger und lasse ihn
tanzen, wenn mans versteht, eine lustige Melodie
dazu zu pfeifen.“

Kaktus

Kaktus

Ein Beitrag
zur modernen Kunstgeschichte

Seitdem die Dampfmaschinen erfunden worden sind und dann das übrige Zeug, das alles schleunig macht, ist in die Zeit ein Entwickelungstempo gekommen, bei dem einem der Weltkapellenmeister von Herzen leid thun kann. Er taktiert gewiß schon längst mit dem linken Arm, weil ihm der rechte lahm ist.

Es geschehen jetzt auf allen Gebieten, vielleicht die Liebe ausgenommen, in der sich seit Adam und Eva immer alles gleich geblieben ist, in einem Jahrzehnt Umwälzungen, für die frühere Zeiten gut ein paar Jahrhunderte brauchten. Die Leute erfinden mit einer Geschwindigkeit immer wieder neues, daß garnichts mehr alt werden kann. Gestern saß einer noch stolz auf seinem neuen Zweirad mit dem Bewußtsein, alle Errungenschaften der Technik zwischen den Beinen und in der Hand zu haben, heute

überradelt ihn schon eine neue „Marke", gegen die sein Flitzrad ein rückständiges Möbel ist, und morgen hat er die Empfindung, in einer Postkutsche zu fahren, wenn er die allerneuesten Marken an sich vorüberfausen sieht. Das ist die moderne Variante des guten alten Liedes: Gestern noch auf stolzen Rossen u. s. w. Die Fabrikanten wissen es wohl zu singen und oft recht wehmütig.

Am eiligsten aber hat's die Kunst. Auch die Musen haben heutzutage Hosen an und fahren Rad. Die Tunika und der langsame Schreitetanz um feststehende Altäre sind aus der Mode. Die Damen trainieren sich und halten die schwierigsten Parforcetouren aus. Selbst Melpomene, die Breithüftige, radelt gewaltig schnelle; vor keiner Pfütze scheut sich die Unerschrockene.

Aber ich will nicht von ihr reden oder einem ihrer Jünger.

Dies ist der Sang von Kaktus, der ein Maler war.

Kaktus war nicht sein Vatersname. Der thut hier nichts zur Sache. Er hieß Kaktus unter seinen Freunden, und fragte man warum, so hieß es: Weil er knollborstig und saftig ist.

Als er noch ganz jung war und schon Lateinisch lernen sollte, machte er sich bei seinen Mitschülern dadurch beliebt, daß er in den Freiviertelstunden den Herrn Ordinarius sowohl wie auch den Mathematikprofessor und überhaupt alles, was Lehrer hieß, mit weißer Kreide an die schwarze Wandtafel malte. Daß er dabei nicht schmeichelte, erhöhte seinen Triumph bei den entzückten Kameraden, aber das Lehrerkollegium dachte über diese Kunstleistungen anders, als es dahinter kam, und der Herr Rektor erklärte den malerischen Tertianer für „zügellos frech".

Deshalb unterließ es Kaktus fürderhin, die Leiter seiner Studien zu portraitieren; dafür zeichnete er nun an den Rand des beredten Cicero sowohl wie des geschichtekundigen Xenophon schönlockige Mädchenköpfe und feuerflammige Herzen, die durch verschlungene Spruchbänder voll zärtlicher Redewendungen mit einander verbunden waren.

Auch das fand den Beifall der Lehrer nicht, obwohl die Kameraden voll Bewunderung erklärten: das ist die Babette, und das ist die Marie, und das ist die Bertha!

Die Lehrerschaft war und blieb den schönen Künsten barbarisch abhold und beurteilte den Wert

des jungen Kaktus keineswegs nach der Portrait-
ähnlichkeit seiner Randzeichnungen, sondern nach
seiner Beschlagenheit in den tristen Wissenschaften
des Gymnasiums. Daher blieb Kaktus oft sitzen
und hatte früher einen Schnurrbart, als die Würde
eines Primaners. Hätte er sich darauf gesteift, das
Reifezeugnis zu erwerben, so säße er wahrscheinlich
heute noch auf der Schulbank. Aber er steifte sich
gar nicht darauf, sondern ging lieber nach München
zur Akademie.

Es ist nicht zu schildern, mit welchem Hoch-
gefühl er zum erstenmale durch die langen Korri-
dore mit den schönen gypsernen Standbildern schritt.

Zeichnen, malen dürfen, nicht heimlich, sondern
mit Approbation und ausdrücklich unter dem Zeichen
des Lebenszweckes, — welch ein Gefühl! Seine
Zuversicht war groß, und sie durfte es sein, denn
der alte Professor, der seine mitgebrachten Sachen
besehen hatte, hatte ihm mit einem freundlichen
Grunzen erklärt: Können thun S' no nix, aber
werden kann's was, wenn S' was thun.

Kaktus that was. Er fraß sich durch die Gyps-
mauer der Anfängerklasse mit der Beharrlichkeit

einer lüsternen Maus durch, die hinter der Holz-
wand Speck riecht. Er lernte in den verschiedenen
Sälen bei den verschiedenen Professoren, was zu
lernen war, und erntete viel Lob und ein gutes
Schülergewissen.

Ich nenne ihn immer schon Kaktus, aber er
war es eigentlich noch nicht.

Oh, er war noch gar sanft und fromm und
lieb, ganz wie jener Fridolin, dem's später im
Eisenhammer trotzdem so übel erging. Er war
halt zufrieden, daß er lernen durfte, und wußte
nichts von der Welt draußen, wo man vor allem
wieder verlernen mußte, um als Kerl zu gelten.

Kaktus wurde er demnach erst, wie er zum
erstenmale ausgestellt hatte und sich ein eigenes
Atelier mietete.

Da pflegen die meisten Fridoline haarig zu
werden, indem sie „einen Standpunkt einnehmen",
und die, die vorher, ohne Standpunkt, die bravsten
waren, pflegen sich jetzt am standpünktlichsten und
verwegensten zu benehmen. So auch recht bald
Kaktus.

Bis dahin war er ganz nur Schüler gewesen,
lediglich darauf bedacht, sich das Handwerk an-
zueignen. Er hatte auch gar nicht viel über die

Kunst nachgedacht und was sie soll und was sie
nicht soll, und auch nicht über sich, was persönlich
er in der Kunst und mit der Kunst wollte, — er
hatte einfach abgeguckt, was an Technik abzugucken
war, und ganz naiv gemeint: Malen ist Abgucken
und Nocheinmal-so-machen. Auf diese Weise hatte
er dank seiner Begabung und seinem Eifer sehr
viel gelernt und konnte sich nun wirklich sagen:
Jetzt fang ich selber an.

Er stellte also ein Bild aus: Oberbayrische
Bauernmädchen in einer Dorfkirche.

Es war ein hübsches Bild: lauter hübsche
braune Dirnen mit seidenen geblümten Fürtüchern.
In den Gesichtern war ein bißchen Defregger, in der
Dämmerstimmung des Kircheninnern war ein bißchen
Gabriel Max, in den Fürtüchern war ein bißchen
Leibl, aber: Kaktus pinxit.

Das Bild wurde von der Kritik mit auf-
munterndem Lobe registriert, vom Publikum sehr
nett gefunden und von einem norddeutschen Guts-
besitzer, der die oberbayrische Tracht liebte, gekauft.

Mit dem Erlös des Bildes und dem monat-
lichen Zuschuß von einer Erbtante, die anfing, auf

den Kunstmaler stolz zu werden, machte sich Kaktus selbständig.

Nicht mehr Akademiker jetzt, sondern akademischer Maler, nicht mehr Schüler der Akademie, sondern Mitglied eines großen Künstlervereins, — über ein Kleines, und man wird ihn „den jungen Meister" nennen, „von dem die deutsche Kunst noch Schönes zu erwarten hat."

Die Zuversicht war wieder groß, und wieder war es jener alte Professor von damals, der mit ein paar Worten dazu beigetragen hatte: Können thun S' jetzt schon was, nun müss'n S' was damit anfangn.

Aber er fing nicht gleich an, was anzufangen. Er fing an, sich umzusehen. Wonach eigentlich? Natürlich nach einem Standpunkt! Aber er wußte das selber nicht. Er fühlte nur das Bedürfnis, Umschau zu halten. In die Akademie konnte er nicht mehr gut gehen. So ging er in die Ateliers der Freunde und an die Künstlertische in den Cafés und Bierstuben.

Sonderbar, was da für ein Wind wehte, was da für Reden geführt, für Bilder gemalt wurden. Kaktus traute seinen Ohren und Augen nicht und wurde — wütend, wurde — Kaktus.

Nein, das war s e i n Standpunkt n i c h t!

„Was!?" rief er, „das soll Kunst sein!? Das is a Schweinerei! A Gespaß! Wie? In der Sonne sitzen und spannen, was sie für Klexe auf an Heustadel macht? A nette Kunst! Saustall! Pfui Deixel!" *)

„No, no!" riefen da die andern, „Sie reden halt, wie Ihnen der Schnabel in der Akademie 'dreht worden is. Schau'n Sie sich doch erst mal um, was draußen vorgegangen is, in der Welt, in Paris, und dann woll'n wir weiter reden."

„Nix is! Nix is! A Schweinerei is! Hat jemals a Meister so geklext? Gehns in die Pinakothek, in die alte, und sehns nach, ob da so a Spinat hängt. A Spinat! A ganz erbärmlicher Spinat! Mit Lichtpatzen als Setzei drauf!"

Kaktus hieb auf den Tisch, daß die Gläser hupften.

Es ist schwer, sich einen Begriff von Kaktus als Redner mit Lipp und Faust zu machen, wenn man nicht ungefähr eine Ahnung hat, von welcher

---

*) Hier muß eine Bemerkung über Kaktussens Sprache gemacht werden. Er bemüht sich damals stark, bayrisch zu reden, obwohl er selbst nicht Bayer war. Aber dieses derbe Teutsch sagte ihm zu, einmal, weil es derb und dann weil es die Sprache Lenbachs war.

Art seine Leiblichkeit war. Daher sei es versucht, ihn hier mit ein paar Strichen zu skizzieren.

Kaktus stand damals im sechsundzwanzigsten Jahre, also in einem Alter, wo dem männlichen Menschen im allgemeinen eine schlanke Elastizität des Leibes verliehen zu sein pflegt. Kaktus indessen begann schon Fett anzusetzen.

Ich will nicht behaupten, daß er damals schon zwei Kinne hatte, aber anderthalb waren es gut. Über diesem Sechsviertelkinn kam zuerst eine blonde Fliege, die nur mühsam mit Brillantine zu zähmen war, da sie, statt in eine honette Spitze auszulaufen, die widerborstige Tendenz hatte, einen struppigen Halbkreis zu bilden. Sie wurde von einer ausgiebigen Unterlippe im eigentlichsten Sinne überschattet, denn diese Unterlippe zeigte eine seltsame Ausbiegung nach unten, — im allgemeinen kommen solche Unterlippen nur bei gewissen Orchideenarten vor, und botanisch wirken sie zweifellos ästhetisch; beim Menschen geht ihr Eindruck mehr aufs Charakteristische.

Die Oberlippe litt etwas unter der Prominenz ihres unteren Gegenstücks; zwar war sie breit, aber nicht fleischig und hoch genug. Es hätte eines starken Schnurrbartes bedurft, ihr ein Ansehen

von Wucht und Bedeutung zu geben; aber leider
fehlte es dem, was Kaktus seinen Schnauzer
nannte, an der genügenden Fülle und Stärke der
Haare. Dieser Schnurrbart war zu früh gekommen und nach Art von Wunderkindern in der
Entwickelung zurückgeblieben. Einst, als Kaktus
siebzehn Jahre alt war, hatte der Bart ihm
unsägliche Freude bereitet, und eher hätte er
sich einen gesunden Vorderzahn ziehen, als ein
Schermesser an diese blonden Härchen gelassen,
aber jetzt, da er fünfundzwanzig vorbei war, ver-
ursachte ihm das ehedem verhätschelte Bartwesen
viel mehr Kummer, als Vergnügen. Die Fliege
wurde im Grunde nur deshalb so auffällig gepflegt,
um den Haaren des obersten Stockwerks als vorleuch-
tendes Beispiel zu dienen.

Doch steigen wir höher hinauf! Es kam
natürlich die Nase. Aber, bitte, was für eine!
Hätte Sir Drake uns nicht die Kartoffeln be-
scheert, so wäre ich verlegen um ein würdiges
Bild dafür. Doch will ich damit nicht sagen, daß
sie Auswüchse hatte; sie war nur einfach knollig;
es fehlte ihr an scharfer Linienführung; sie war
nicht abgeteilt genug, zu sehr Masse.

Insofern paßte sie vorzüglich zu den Backen.

Welch ein Paar! Par nobile sororum. Es gab
keinen Tapezierer, der an Kaktus vorübergehen
konnte, ohne sich einen Stümper zu nennen. Wer
solche Polster fertig brächte! Zwei tadellose Strophen
aus einem Hohenliebe auf das Runde. Darf man
das Wort Hemiglobik wagen, so behaupte ich getrost,
daß in den Backen des sechsundzwanzigjährigen
Kaktus die Hemiglobik zur klassischen Vollendung
gediehen war. Genug davon; ich gerate sonst ins
Mathematische.

Sehen wir uns lieber die Augen an. Es ist
nicht ganz leicht, denn es versteht sich, daß sie durch
die starke Plastik der Backen ein bischen beein-
trächtigt waren. Sie hielten sich etwas im Hinter-
grunde auf, und es war ihnen nicht gegeben, zu
rollen, weil kein Platz dazu da war. Und doch
hätte Augenrollen so gut zu Kaktus gepaßt. Dafür
waren sie aber sehr blau und zwar von einer
Bläue, die sonst nicht in der Natur vorkommt.
Aber ich entsinne mich, einmal einen Likör gesehen
(nicht getrunken, gottbehüte!) zu haben, der so aussah. Wer diesen Likör nicht gesehen hat, kann sich
auch keinen Begriff davon machen, von welcher Art
Blau die Augen Kaktussens waren.

Von Augenbrauen war nur ein flaumiger An-

fatz vorhanden. Es ging gleich und ohne weiteres
die Stirne an; und das war gut so, denn, da sie
oben bald zu Ende war, mußte sie unten soviel als
möglich mitnehmen.

Jetzt das Haupthaar. Blond ist zu wenig, gelb
zu viel. Es war eigentlich gar keine Farbe in ihnen.
Aus diesem Grunde geschah es wohl, daß Kaktus
zuweilen die Farben, die er gerade auf der Palette
hatte, auf seine Haare übertrug. Aber es wäre
frivol, deswegen zu behaupten, daß er sich die
Haare zu färben pflegte. Es hing das nur mit
seiner Gewohnheit zusammen, sich manchmal die
Hände nicht ganz zu waschen, eine Gewohnheit,
die wahrscheinlich auf koloristische Gründe zurück-
zuführen ist und bei Malern der verschiedensten
Schulen nicht selten beobachtet wird.

Im übrigen gehörten seine Haare nicht zu denen,
die man Locken heißt. Sie ringelten sich nicht im
mindesten und hatten überhaupt die Tendenz, einer
bestimmten Form, was man so Frisur nennt, aus-
zuweichen. Ihre Lieblingslage war ein freies
Durcheinander; man kann ähnliches sehen, wenn
man nach einem starken Gewitter an einem Kornfeld vorübergeht.

Bleiben nur noch die Ohren und der Hals.

Von beiden genügt es zu sagen, daß sie fleischig
und gedrungen waren. Und dies reicht auch zur
weiteren Charakteristik der Körperlichkeit Kaktussens
hin.

Ich sehe überhaupt, daß meine Skizze zu sehr
ins Einzelne gegangen ist, und bei der Unmöglich-
keit, einen Menschen mit Worten zu portraitieren,
wird nun bloß der Eindruck erreicht sein, als wäre
Kaktus ein ziemliches Scheusal gewesen. Aber ich
bitte inständig: glauben Sie das ja nicht. Es wäre
lieblos und thäte mir leid.

Übrigens hat Kaktus ja doch eine Frau gekriegt, wie Sie bald sehen werden, und das ist
schließlich die Hauptsache.

Ein paar Worte über seine Kleidung von damals muß ich aber doch noch sagen. Es ist das
von Bedeutung. Kaktus trug nämlich wirklich noch
eine braune, schwarz eingesäumte Sammtjacke, weite
graue gestreifte Hosen, einen blauen Flatterschlips
und einen Kalabreser. Man wird das nicht glauben,
denn diese Maleruniform scheint uns bereits der
grauen Vorzeit anzugehören, und die Direktoren
von Kostümmuseen müssen sich schon dazu halten,
wollen sie noch eine echte für ihre Schränke auf-
treiben, aber es ist eine absolute Thatsache, daß

5*

Raktus noch in diesem Aufzuge im Affenkasten
des Augustiners (ach, auch der ist dahin!) ge-
sessen ist.

In diesem Anzug geschah es denn auch, daß
Raktus sein zorniges Diktum vom Spinat mit Setzei
den malerischen Kollegen ins Gesicht warf, und es
ist gar keine Frage, daß dieser Anzug und dieses
Diktum in einem inneren Zusammenhange standen.
Er versocht die gute alte Tradition nicht allein
mit Worten und Werken, sondern auch mit Jacke,
Hosen, Schlips und Hut.

Die Tradition! Donnerwetter, die Tradition!
Himmelherrgott! Kruzitürken, die Tradition!
München! König Ludwig! Die alte Pinakothek!
Die deutsche Kunst! Die alten Meister! Das Ideal!
Der Idealismus! Herrgottsakra, — sind denn die
Leute verrückt geworden, daß sie auf einmal Bilder
malen wollen, die man sich bloß eine durch Schnee-
brille mit schwarzen Gläsern anschauen kann!?

Dem Himmel sei Dank: Raktus hatte seinen
Standpunkt.

Er wütete und schwur zornige Schwüre, daß
er nicht zu den Affen der Franzosen gehören
wolle, er nicht! Er wolle das Banner der guten
alten Kunst hochhalten trotz aller Naturalisten

des Erbballs. Seinem Leibe und seiner Palette
solle die Freilichtseuche fern bleiben, an seinen
Bildern solle sich niemand die Augen verderben, er
wolle den ausländischen Unfug nicht mitmachen!

Sein ärgstes Schimpfwort war damals: Photo-
graph.

Kaktus zog sich zurück. Die Kollegen, die seine
Wutergüsse nicht gerne entbehren wollten und ihn
deshalb zuweilen in seinem Atelier aufsuchten,
fanden ihn, wie sie dann im Café erzählten, wütend
in der Asphaltsauce sitzen. Er malte nach ihren
Worten unablässig weiter Max-Defregger-Leibl-
Ragouts.

Und es ging ihm gut dabei. Wenigstens anfangs.

Seine Bilder wurden von dem ältesten und
darum bekanntesten Kritiker der Stadt regelmäßig
als „erfreuliche Äußerungen eines besonnenen, von
keiner Modenarrheit angesteckten Talentes" bezeichnet
und entweder von „wahrhaft kunstsinnigen Förderern
ernster Kunstübung" oder vom Kunstverein selber
zu den Verloosungen angekauft.

Hoch waren die Preise ja nicht, aber das ließ

sich durch die Häufigkeit der Verkäufe ausgleichen.

Trotzdem war Kaktus nicht zufrieden. Im Gegenteil: er wurde immer wütender. Irgend etwas in ihm rebellierte, irgend etwas fraß ihm die Leber ab.

Vielleicht darf man sagen: es ärgerte ihn fürchterlich, daß seine Freunde, obwohl sie viel weniger verkauften als er, ihn über die Achsel ansahen.

Sie benahmen sich auch wirklich schnöde und zwickten ihn mit Redensarten auf, wie: ob er überhaupt noch hinzusehen brauchte beim Malen? und: warum er nicht gleich eine Fabrik eröffnete? und: das Auspinseln von Schablonen sei noch leichter, als das da.

Was? Leichter!? Also, sie meinten: Er male im Geiste der guten Tradition, weil das leichter wäre? Er könne amende nicht modern malen?

Kaktus streifte sich die Hemdsärmel hoch und blickte wild um sich; wäre es möglich gewesen, so hätte er die Backen aufgeblasen. Ein Glück, daß es nicht ging: sein Anblick mit aufgeblasenen Backen würde das Menschliche überschritten haben. Es genügte schon sein übriger Habitus in diesem Augenblicke. Er sah furchtbar aus und brüllte überdies, daß die Staffeleien wackelten.

Was? . .! . . Na . .! . . Können?! . . Das
Gepatz? . . Haha! . . Hoho! . . .

Er stürzte sich auf seinen Farbentisch, schabte
eine alte Palette ab, riß seinen Tubenkasten heran
und quetschte die Tuben mit Weiß, hellgrün, hellblau, hellgelb, hellrot so wütend aus, daß ihr In-
halt in ganzen Bergen nebeneinander aufwuchs.
Mit diesem Gebirgszug auf der Palette nahte er
sich drohend einer frischen Leinwand, wählte den
derbsten Pinsel, den er besaß, und strich gewaltig
drauf los in massigen Lagen.

Hui, wie das flutschte! Sakra, wie das kleckte!

Platsch: eine Lage gelb — ein Kornfeld.

Pitsch: darüber eine Lage grün — ein walbiger
Höhenzug.

Klatsch: eine Masse blau darüber — der
Himmel. Witschwatsch: ein paar Labungen Weiß
hinein — Wolken.

So! Da hammers!

Kaktus, hochrot und schwitzend vor Aufregung,
trat ein par Schritte zurück und fuhr sich mit den
Fingern, die mit sämmtlichen bisjetzt verwandten
Farben reichlich garniert waren, durch die Haare.

— Noch 'n Patzen Rot, und das moderne Kunst-
stück ist fertig!

Heidi, ein Bauernmädel in rotem Rocke belebte den Vordergrund.

Jetzt zündete sich Kaktus seine Pfeife an und warf sich auf das Ledersopha im Winkel.

Das bunte Monstrum grinste ihn an, und er erwiderte das Grinsen:

— No? Kann man pleinairer sein? Is das nicht scheußlich genug? Und das soll Kunst sein?

Sonderbar: Kaktus spürte gar nicht, daß er einen Witz gemacht hatte.

Natürlich wußte er, daß das kein Bild, sondern eine Karikatur war, aber, da er alle Bilder der Hellmaler für Karikaturen hielt, so schien ihm seine Tüncherei wirklich ein Beweis dafür zu sein, daß er, wenn es ihm nur beliebte, ebenso gut „hell" zu malen vermöchte, wie die andern.

Am Abend dieses Tages ging Kaktus aus und verhöhnte seine Freunde, die im Augustinerkeller saßen, gewaltig.

Bei einer sauren Kalbshaxe und der dritten Maß war er soweit, zu erklären, daß er den Pleinair-Schwindel jetzt praktisch erkannt habe, bis auf die Nieren. Jetzt brauchte er bloß ein Retour-billet nach Dachau zu lösen, einen Tag lang sich dort von der Sonne schmoren zu lassen und ein

paar Fetzen Wieswachs abzuklauen, und sie würden
Alle vor ihm auf dem Bauche liegen. Übrigens
genügte es auch, einen Dienstmann mit Farbe und
Leinwand hinauszuschicken; ein Pinsel sei nicht einmal nötig: so was könne jeder mit Daumen und
Handballen hinsetzen. Er fühlte sich jetzt mehr als
je zu gut dazu.

Die Freunde fragten ihn sehr bescheiden, ob es
erlaubt sei, sein Werk zu betrachten.

Natürlich, sie sollten nur kommen, und sie
möchten nur ihre eigenen Dachaucreien mitbringen
und daneben halten; der Unterschied sei bloß, daß
er in einer halben Stunde hingehauen habe, wozu
sie einen halben Tag brauchten.

Die Freunde waren, wie Freunde nun manchmal sind, zumal, wenn sie mit Grobheiten regaliert
werden, etwas boshaften Gemütes.

Mit Grobheiten, das wußten sie, war gegen
Kaktus nicht aufzukommen; seine Saftigkeiten über-
trieften jeden Versuch; aber für Ironie hatte er
nicht das geringste Organ. Darum kamen die
Freunde überein, den harmlosen Kaktus ironisch
einzuseifen.

Sie erschienen schon in der Frühe des folgenden Tages im Atelier, als Kaktus noch unfrisierter

aussah, als bei höherem Sonnenstande, ließen sich als Gastgeschenk einen Atelierschnaps reichen und traten, die Gläser in der Hand, vor das entsetzliche Erzeugnis des Kaktusschen Ingrimms.

— Hm! sagte der Eine, zog die Brauen hoch, schüttelte den Kopf und warf den Cognac in sein Inneres.

— Z . . t . . t . . t! machte der Zweite, zog die Brauen hoch, schüttelte den Kopf und warf den Cognac in sein Inneres.

— Allewetter! sagte der Dritte, zog die Brauen hoch, schüttelte den Kopf und warf den Cognac in sein Inneres.

— Teufel noch 'mal! rief der Vierte, zog die Brauen hoch, schüttelte den Kopf und warf den Cognac in sein Inneres.

— Na?!!? brüllte Kaktus und stellte die Cognacflasche weg.

Da begannen die vier Freunde den Kennertanz.

Wer öfter Kunstausstellungen besucht, weiß, aus welchen Figuren dieses Ballet besteht. Gazeröckchen sind dazu nicht vonnöten; seine aus-

drucksvolle Schönheit kommt vielmehr am besten
in Bratenröcken · zur Geltung, und wer es ganz
stilgemäß exekutieren will, sollte nicht versäumen,
sich eine Stielbrille zu verschaffen. Zur Not kann
man es aber auch im Jadet und nacktäugig aufführen.

Es sieht (unter Weglassung aller Nüancen, deren
es eine Legion giebt) so aus:

Man nähert sich scheinbar harmlos und ohne
jede chnreographische Absicht dem Bilde. Da, plötzlich, bleibt man wie von einer unsichtbaren Macht
festgenagelt stehen (wäre Musik bei diesem Tanz-
vergnügen, so würde hier ein Paukenschlag erfolgen)
und reißt die Augen bis zur Grenze der Möglichkeit auf (bei vorhandener Stielbrille tritt diese
hier zum ersten Male in Aktion; man muß es nicht
an Temperament fehlen lassen, wenn man sie empor-
schwingt).

Leise senkt sich der Kopf nach rechts, hebt sich ebenso leise langsam wieder und senkt sich nach links (die
Stielbrille markiert die einzelnen Phasen dieser
mimischen Evolution.)

Zwei tastende Schritte vorwärts; das Kinn preßt
sich auf die Brust; die Augen nehmen einen strengen
Zug an. (Stielbrille.)

Der Kopf hebt sich, die Augenbrauen thuen dasselbe, aus der Kinnbrustlage entwickelt sich die Pose der angespannten Kehle, weil der Kopf immer weiter in die Höh, immer weiter in die Höh gehoben wird, bis der hintere Rand des Hemdkragens dieser anstrengenden Übung ein Ende bereitet (die Stielbrille läßt sich nur im mittleren Teile dieser Figur verwerten).

Nun kommt ein etwas gewagter Effekt, der nur den Geübtesten gelingt, aber bei richtiger Ausführung unwiderstehlich ist, weil sich ihm an Ausdruckswucht kaum etwas vergleichen läßt, nämlich: Mit einem stracken Ruck fällt der Kopf von dem hinteren Randkragen auf den vorderen (die Stielbrille fliegt nach vorn wie der Pallasch eines attakierenden Cavalleristen), und so, den Schädel kriegerisch nach vorn geneigt, befördert man sich mit zwei, drei elastischen Schritten (Sprüngen, wenn's die Beine erlauben) direkt an die Leinewand, so zwar, daß zwischen dieser und der Nasenspitze nur ein ganz unmerklicher Zwischenraum bleibt (nur ganz unberufene Dilettanten werden hier der Verirrung anheimfallen, jetzt die Stielbrille in Aktion zu bringen; sie hat in diesem Augenblicke nicht das mindeste zu thun).

Es beginnt der Tast- oder Schnüffel-Pas. Man
könnte ihn auch den Auskultier-Pas nennen, denn
er besteht darin, daß man, ähnlich dem Arzte, der die
Brust eines Kranken abklopft und aushorcht, an
der Leinwand hin und her rückt und bald diese, bald
jene Partie der Farbenschicht in aller unmittelbarster
Nähe betrachtet, betastet oder beriecht (als über-
triebenen Versuch, den Effekt zu steigern, muß es bezeichnet werden, wenn sich einige der Nase als Tast-
organ bedienen oder gar die Farben anlecken).

Dieser sehr diffizile Pas kann je nach der Größe
der Leinwand länger oder kürzer ausgedehnt werden;
bei Bildern von hohem Formate erfordert er be-
trächtliche Übung in der Fußspitzstellung; ein allzu
schnelles Hin- und Herrücken vor dem Bilde schwächt
den Eindruck eher, als daß es ihn erhöht.

Der Übergang von diesem Pas zum folgenden
wird verschieden ausgeführt.

Es giebt Autoritäten auf diesem Gebiet, und
zwar solche, die allen Anspruch darauf haben, ernst
genommen zu werden, die hier eine kleine Pantomime
einschieben, einen Tric, der hauptsächlich aus Kopf-
schütteln, Nachschlagen im Katalog und Aufheben
der Arme besteht, womit eine gewisse Unsicherheit,

eine Art kritische Beklommenheit sehr gut ausgedrückt
wird.

Wer aber das Ballet als die Kunstgattung
begreift, die mit großen Linien, klaren Zügen
operiert ohne viele Ausbiegungen in psychologische
Details, der wird sich auf die Seite der Meister
stellen, die auch hier kraftvoll und wuchtig ohne
Unterbrechung die Entwickelung schnell weiter-
führen.

Diese machen es so: Sie treten plötzlich einen
Schritt zurück, bestreichen mit einem umfassenden
Blicke (Stielbrille!) die ganze Leinwand und gehen
sofort zu dem höchst anmutigen Retirier-Pas über.

Der Name deutet ziemlich genau an, woraus
diese Figur besteht: Man entfernt sich langsam,
vorsichtig rückwärts schreitend von dem Bilde und
zwar, dies ist wichtig, so weit als irgend möglich.
(Gelindes Auf und Ab der Stielbrille.)

Hat man den äußerst möglichen Standpunkt erreicht, d. h. macht eine Wand oder ein Wall von
anderen Betrachtern weiteres Retirieren schlechter-
dings unmöglich, so bleibt man in einer Pose, die
selbherrlich klares Begreifen der Situation ausdrückt,
stehen (wo ohne Stielbrille getanzt wird, empfiehlt
sich die bekannte Napoleonische Attitude, im anderen

Falle geschieht die Betrachtung durch das steif und sehr ruhig angehaltene Glas).

Ein paar Mal wird die Ruhe dieser immer vornehm und edel wirkenden Stellung dadurch unterbrochen, daß man mit über die Augen gehaltener, sanft gebogener Hand einzelne Partieen des Bildes abblendet, wohl auch eine Hand zu einem Guckloch rundet. (Komplikation mit Stielbrille.)

Es erfolgt die Schlußfigur.

Diese ist verschieden, je nachdem man Befriedigung oder Empörung oder eisige Kälte ausdrücken will.

Im ersten Falle: stummes Spiel, das mühsame Trennung von dem köstlichsten aller Genüsse ausdrückt; hochgehende Brust, entzücktes Kopfvorstoßen, wohl auch huldigendes Winken mit der Hand.

Im zweiten Falle: plötzliche Abwendung und entsetztes fluchtartiges Davoneilen.

Im dritten Falle: Achselhochziehen, Nasenrümpfen, gelangweiltes Betrachten des Fußbodens, schleppend langsamer Abgang.

Diesen ausdrucksvollen Tanz also führten die vier Freunde vor Kaktussens himmelschreiender

Leinewand auf, natürlich mit dem Schlußtric der
Befriediguug.

Wenn das Ballet schon als Solopartie unfehl-
bar und reizend wirkt, wie man bei Kunstausstellungen
jeder Art immer wieder beobachten kann, so läßt es
sich verstehen, welchen Eindruck es hier in Gestalt
einer Massenevolution machte, wo es jeder mit
persönlichen Nuancen ausstattete, alle aber das
Grundthema aufs genaueste einhielten. Es war
eine Leistung, wie man sie selbst in sehr großen
Ausstellungen nur selten genießt.

Kaltus saß hinter einem riesigen braunen Kaffee-
napse und sah erst erstaunt, dann befriedigt zu.
Daß dieser Tanz schnöde Berechnung war, fühlte er
nicht, weil die Verrücktheit seiner Freunde bei ihm
so fest stand, wie bei einem Philosophen sein neuestes
Axiom. Es wurde ihm nur immer klarer, wie durch
und durch er diese Freilichter durchschaut hatte.
Man mußte mit patzen, dann hatte man sie im Sacke.

So nahm er denn auch nach den mimischen die
wörtlichen Ausbrüche ihrer Bewunderung gelassen
hin und knurrte nur ein paar freundliche Invektiven.
Übrigens erklärte er, garnicht daran zu denken, nun

etwa weiterhin auf so billige Manier ihren Beifall
erregen zu wollen. Er bleibe fest und standhaft
bei der alten Palette und wolle auch fernerhin im
Geiste der unverrückbaren Tradition malen.

Im Grunde hatte ihm aber doch der verzückte
Tanz der Freunde wohlgethan, und von nun an
begann er selber, an seinen alten Idealen herum-
zuzausen wie ein junger Dackel an einem aus-
getretenen Schuh. Er wurde immer grimmiger beim
Malen seiner Bilder und fing an, auf seine Weise
gegen die „alte ranzige Sauce" loszuziehen, während
er seine Leinwand mit ihr bedeckte. Und als zwei
seiner Bilder unverkäuflich blieben und der alte
Kritiker, der einzige, der unentwegt das hochhielt,
was er die Fahne der alten Meister nannte, wegen
unheilbarer Periodenverschlingung in den Ruhe-
stand versetzt wurde, da brach mit einem Male der
ganze Kaktuszorn in ihm los. Er verwünschte
seine teutonische Schwerfälligkeit, seine Prinzipien-
treue, seine Pietät, verwünschte die Professoren, die
ihn so übel beraten hatten, verwünschte sich selber und
alles was an ihm war.

Und er that seine Sammeljacke ab und die graukarrierten Hosen, warf den Kalabreser von sich und verschenkte die ganze Kollektion seiner Flatterschlipse an ein altes Modell, das sich als greiser Charakterkopf ernährte. Dafür steckte er sich in ein Touristenhabit nach dem System Jäger, setzte einen schmalkrempigen Filzhut auf und fuhr nach Holland.

Sein zweiter Standpunkt war erreicht. Holland mußte es sein, weil es Frankreich aus patriotischen Gründen nicht sein konnte. Kaktus verabscheute das „Land der Tanzmeister und Windbeutel", wo ihm germanische Grobheit übel aufgehoben schien. Holland dagegen, das ließ sich hören. Er verband damit die Empfindung von Erven Lukas Bols, Varinas Canaster, dickarmigen Mädchen und ausgezeichnetem Mastochsenfleisch. Und überdies: es galt ihm als die eigentliche Heimat der Kunst, auf deren Standpunkt er sich jetzt zu stellen fest entschlossen war.

Trotzdem litt er anfangs viel in diesem Lande, denn die Holländer verstanden ihn nicht, wenn er deutsch schimpfte, und es dauerte eine ganze Weile, bis er es im Holländischen soweit gebracht hatte, gemeinverständliche Grobheiten von sich zu geben.

Über ein Jahr brauchte er dazu, und in demselben Zeitraume hatte er sich auch alles angeeignet,
was zu einem Pleinairmaler gehörte. Gründlich,
wie er war, nahm er es nicht leicht, aber seine Ge-
schicklichkeit im Aneignen alles Technischen brachte
ihn bald dahin, wohin er kommen wollte.

Es schwebten ihm jetzt als Muster die beiden
deutschen Maler vor, die er in seiner Asphaltperiode
am grimmigsten gehaßt hatte: Uhde und Lieber-
mann. Knurrend wandelte er auf ihren Pfaden
in Holland, und, wo auch immer er war, in seinem
Umkreise gab es keine armen Leute, die er nicht
gemalt hätte.

Sein Lieblingssujet aber war das Kartoffeln-
graben, und er brachte es zu einer unerhörten
Fertigkeit, gebeugte Rücken zwischen Kartoffel-
haufen und aufgewühltem Erdreich zu malen,
alles in eine Art von Mehlnebel, den er silberig
nannte, eingehüllt. Wäre es nach ihm gegangen, so hätte es das ganze Jahr Kartoffelernte
gegeben.

Aber auch zu den anderen Jahreszeiten war er
nicht müßig.

Im Frühjahr malte er mit dem ganzen Ingrimm
des Dokumentensammlers Düngeszenen, und es war

6*

ihm ein lieblicher Gedanke, der ihn über manche
ärgerliche Stunde weghalf, sich vorzustellen, daß
man, wie er sich selber häufig wiederholte, „die Nase
voll kriegen" würde in München, wenn er seinen
„düngenden Bauer" ausstellte.

Im Sommer, vor der Kartoffelernte, ging er in
die Vorstädte, wo es am trübseligsten war, und malte
das Allertrübseligste. Er schwitzte fürchterlich dabei
und hatte die denkbar schlechteste Laune, aber gerade
diese Gemütsstimmung, gemischt mit körperlichem Un-
behagen und wütender Langeweile, schien ihm zur
Schaffung dieser ausbündig öden Bilder ungemein
geeignet.

Nach der Kartoffelernte, im Herbst, hatte er
einen kurzen Rückfall in satte Farben, aber er über-
wand die Krisis voll tapferen Zornes und variierte
sein Kartoffelthema.

Im Winter tauchte er ganz in soziales Elend
unter, studierte Kliniken und Armenhäuser und ging
fleißig allen Äußerungen übermäßigen Alkohol-
genusses nach.

So war er, nach einjährigem Aufenthalte in
Holland, bei seiner Zurückkunft in München, wohl
versehen mit streng naturalistischen Abschilderungen
des holländischen Lebens in allen Jahreszeiten und

feft bavon überzeugt, er werde ein koloffales Auf=
fehen machen. Er rieb fich die Hände vor Ver=
gnügen bei dem Gedanken, was feine Freunde dazu
fagen würden, wenn fie ihn als konfequenteften aller
malerifchen Naturaliften fähen, und er hatte in der
That fchon ohne Bilder bei ihnen einen außer=
ordentlichen Erfolg.

— Was? Kaktus? Aber wie fchauen denn Sie
aus? Wo ift der Samt der ewig fchönen Tradition?
Sind Sie Berufstourift geworden? Oder Reifender
für Jägerfche Wollwaaren?

Kaktus fah lächelnd an feinem grauen Gürtel=
joppenanzug mit den kurzen Hofen und grün=rot=
blau karrierten Strümpfen hinab und fprach: In
dem Kittel da hab' ich was gefchafft, meiner Seel;
davon habt ihr in euern Kaffeehäufern keine
Ahnung. Wollt ihr Holland fehen? In meinem
Atelier ftehts: fechzig Bilder! Alle vor der Natur
gemalt, lauter Anhiebmalerei! Da feht meine
Hände! Braun von der Sonne Hollands!

— Holland?

— Holland??

— Nee wirklich: Holland???

— Himmelherrgottsbonnerwetter, was ift das
für ein Gefrage!? Ift Holland etwa Monopol

für eure Ölgötzen? Hä, ja, das glaub ich wohl,
das paßt euch nicht, daß auch andere dorther was
holen, und ich sage 's euch: was Rechtschaffenes.
Nicht blos so ein Stückchen, sondern mit den
Wurzeln und Erdklumpen! Herausgehoben aus
dem Erdreich! Wirklich echt! Ganz wahr!
Könnt's ja anschaun!

— Nee aber ausgerechnet Holland? Holland
ist ja überhaupt nicht mehr wahr. Natürlich so in
der gewissen mehligen Mache?

Kaktus wurde wild und gab ein paar holländische
Flüche von sich, die mit der Geruchssphäre seiner
düngenden Bauern um die Palme ringen konnten.
Und als dies nicht wirkte, weil man es für Namen
von Likören hielt, proklamierte er in einem mus-
kulösen Stile von hanebüchener Deutlichkeit die allein
positiven Wahrheiten des Naturalismus.

Seine Freunde, die vor einem Jahre, nur mit
etwas manierlicheren Worten, dieselben Wahrheiten
verfochten und ihn damit zu entsetzlichen Ver-
wünschungen des „Dreckismus" veranlaßt hatten,
setzten geringschätzige Mienen auf und schüttelten
die Köpfe.

Dadurch wurde Kaktus nur noch wilder. Er
rief: So!? Saure Nasen kann jeder Affe machen!

Wer alleweil mit dem Kopf schüttelt, zeigt, daß er nix drin hat. Heraus mit der neuesten Weisheit! Munter! Blamiert euch nur! Ich bin ganz Ohr! Amende wird jetzt gar nimmer gemalt? Habt wohl gemerkt, daß die Sache nen Haken hat, und daß es Schweiß kostet, im Freien malen! Hoho! Freilich! Die Sache durchführen, das ist die Sache! Nicht blos hinriechen! Hineingreifen! Schaul mich an, wie ich's angepackt habe! Erde! Atmosphäre! Linienauflösung! Bewegtes Licht! Wehende Luft! Kurz: Wirklich Pleinair!

Kaktus beschrieb mit beiden Händen wunderliche Kreise in der Luft, als wollte er die Atmosphäre kneten.

Da sagte ein kleiner schwarzer Kerl mit einem Birnenkopfe und dürren Fingern, die wie verwelkt aussahen, sehr gelassen, doch in einem etwas spitzen Tone: Das schaut kein Mensch mehr an ... Schnee vom vorigen Jahr ... Schottland! Da liegts! Schottland!

Die übrigen nickten ernsthaft mit den Köpfen dazu.

— Schottland!?

Kaktus war sprachlos. Das Wort gab ihm keinerlei Vorstellung.

Der Bienenkopf hätte geradesogut Timbuktu
sagen können. Er hatte die letzte Jahresausstellung
verpaßt.

Natürlich wurde er deshalb erst recht wütend.
Es fehlte nicht viel, und er hätte den kleinen Spitz-
kopf geohrfeigt. Aber auch ohne dies schied er im
Zustande offener Feindschaft von den Renegaten
des Naturalismus.

Er konnte in ihnen nur eine Rotte von bös-
willigen und übelberatenen Burschen sehen, die
alles Ernste schnöde mißachteten und mit den
schnellen Beinen der Prinzipienlosigkeit hinter jedem
neu auftauchenden Unsinn herliefen, weil ihnen das
feste, dauerhafte Sitzfleisch zielbewußten Fleißes
fehlte. Die Männerkunst des Naturalismus konnte
sich bei ihnen nicht festsetzen, weil sie im Grunde
ewige grüne Jungen waren! Das war es!

Kaktus fühlte sich, als er so in allerlei grimmigen Betrachtungen nach Hause ging, ganz als
ernsten Mann und Arbeiter, und er schwor zu sich
selber, nicht zu wanken und zu weichen, was auch
kommen möge, und wenn es die ganze Landkarte
wäre, von Schottland bis Buxtehude.

Es war nicht blos die Malerei, um die es sich
hier handelte, es war der Charakter, die Gesinnung.

Er hielt sich nämlich, seitdem er im Freien malte, für einen Sozialdemokraten. Sehr viel Begriffliches verband er mit dieser Empfindung nicht, aber sie gab seiner zornigen Entschlossenheit einen Beiton von dumpfem Grollen, der ihm sehr wohl gefiel.

Als dann seine Ausstellung nur einen sehr mäßigen Eindruck machte und, was das fatalste war, gar keinen materiellen Erfolg hatte, sah er darin eine Äußerung der sozialen Mißstände unserer Zeit, unter denen auch die redliche Kunst um ihrer Wahrhaftigkeit willen litt.

So nahm er sich denn vor, ein Märtyrer der Kunst zu sein und unbekümmert um äußere Erfolge des Lebens Grau zu malen.

Da er in den Besitz seines mütterlichen Vermögens gelangt war, so legte ihm dieses Martyrium nicht gerade Entbehrungen auf. Im Gegenteil, er gedieh vortrefflich und wurde ein überaus stattlicher Dreißiger.

Nach und nach nahm er sogar das Gepräge jener münchnerischen Wohllebigkeit an, das in der Hauptsache eine Folge des hygienisch durchaus verständigen Grundsatzes ist, immer auf Ruhe bedacht zu sein.

Und doch war es im Grunde gerade mit seiner
Ruhe nicht aufs Beste bestellt.

Äußerlich freilich erlebte er gar nichts Ruhe-
störendes, zumal, da er von der unruhigsten aller
menschlichen Krankheiten, der Liebe, durchaus ver-
schont blieb, aber inwendig, — ach, inwendig war
Kaktus ein Bulkan.

Die verschiedenen Jahresausstellungen, deren
jede eine neue Richtung aufbrachte, gingen keineswegs spurlos an ihm worüber, denn jede rührte an
seinen Standpunkt. Jede neue Richtung war für
ihn eine persönliche Beleidigung, die er mit Berbal-
injurien, ausgestoßen in Caféhäusern und fremden
Ateliers, erwiderte. Aber das schlimmste war, daß
jede neue Richtung trotzdem auf ihn abfärbte. Das
geschah freilich vielen seiner Kollegen, aber bei
diesen vollzog sich der Prozeß rasch, gewissermaßen
pünktlich. Bei ihm dagegen, der von Natur gründlich war, dauerte es immer mindestens ein Jahr zu
lange.

Das kam daher, weil er sich wie ein Bär
wehrte. Ein Faßle, der seinen Standpunkt ohne
Kampf verläßt!

Der Verlauf des Kampfes war immer so:
Erst war er unmäßig empört, schimpfte über

Schwindel, Wahnsinn, Humbug, Unkunst; dann
versuchte er mit bitterer Entschlossenheit, den
Schwindel aufzudecken, indem er zeigte, wie plump
einfach und kindisch die ganze Geschichte war;
dann verbiß er sich in das Technische, da es mit
dem Aufdecken doch nicht gleich ganz glatt gehen
wollte; dann fand er, daß die Sache einen
guten Kern hatte, und daß es der Mühe eines
rechten Kerls verlohnte, ihn mal wirklich in ganzer
Reine und Gesundheit herauszuschälen; dann grub
er sich mit wütendem Eifer in das Neue hinein; dann sah und hörte er nichts als dies und
ging blind und unbändig darin auf; dann tauchte er
mit rabiaten Werken und Worten empor und
stampfte fanatisch grob alles übrige in die Erde.

Das war aber dann immer um die Zeit, wo
schon wieder zwei neue Richtungen alt geworden
waren.

So wurde er nach und nach, aber immer
mindestens ein Jahr zu spät, Impressionist, Pointillist,
Symbolist, Neu-Idealist und überhaupt alles auf=ist,
was man heutzutage werden kann, wenn man eine
Palette und Geschick hat, und er würde heute
ganz gewiß Ornamentalist in Stühlen, Tapeten,
Ofenkacheln, Bucheinbänden, Thürklinken, Lampen-

schirmen sein, wenn nicht schließlich doch der
Stern seines Schicksals ein Einsehen gehabt und
ihn auf die richtige Bahn zurückgeführt hätte.

Kaktus war am Ende seiner Kräfte angelangt.
Zwar sah er, nun ein mittlerer Dreißiger geworden,
äußerlich ganz gut aus, und der etwas bieder-
meierisch geschnittene lange Bratenrock der Sym-
bolisten umhüllte eine Leiblichkeit, die durchaus
nicht auf eine Seele schließen ließ, die sich mit der
Illustration Stefan Georgescher Gedichte abgab,
aber inwendig war er so durchaus fertig, daß nur
noch die stärksten dänischen Liköre imstande waren,
seine Nerven zu beruhigen. Selbst seine Grobheit
war sehnenlahm geworden, ging in Schleiern, müd-
äugig und hatte hieratische Gesten.

Darunter litt Kaktus sehr. Er fühlte sich ent-
wurzelt. Symbolistisch schimpfen ist unendlich
schwierig, denn der Symbolismus verabscheut alles
Saftige. Und Grobheit will Saft haben, sonst
kriegt sie die Auszehrung.

Sollte er Stühle machen? Schon leuchtete etwas
wie der Kaktusstil in ihm empor.

Da blieb sein Stern über einem Hause stehen, in dem seine Rettung wohnte. Es war eine Wittwe von fünfunddreißig Jahren, und sie besaß ein Bild aus Kaktussens erster Periode: der Abschied der jungen Nonne. Dieses Bild kuppelte sie zu ihm, kuppelte ihn zur Muse seines Selbst.

Kaktus begann zu lieben und empfand gleichzeitig den Stolz des reinen Künstlers, der es weit von sich abweist, Stühle und Ofenkacheln zu machen; Kaktus schritt fort in der Liebe und sah, wie schön dieses Bild seiner ersten Periode, wie schön diese Periode überhaupt war; Kaktus wurde wiedergeliebt und kehrte, von liebenden Armen geleitet, in seine erste Periode zurück.

Und siehe: Kaktus hat die alte Kraft seiner Grobheit wiedergewonnen, trägt eine Sammetjacke und wehenden Schlips, erklärt sämmtliche Kunstausstellungen für Narrenhäuser, malt bloß für sich und seine Ernestine und ist so glücklich, wie es nur ein Mensch sein kann, der die Irrungen und Wirrungen eines unstäten Lebens endgiltig überwunden hat.

Friede seiner guten Stube!

Die Lavendel=Ehe

Die Lavendel-Ehe
(1893)

Sie war klein und schmächtig und hatte ganz
hellblaue Augen, so hellblau, wie an Vorfrühlings=
abenden manchmal der Himmel ist, — viel Sehn=
sucht ist in solchem Blau.

Und eine zage Stimme hatte sie, richtig noch
die Stimme eines kleinen Mädchens, das so schreck=
liche Angst vorm Schullehrer hat und doch so artig
ist, — eigentlich zu artig.

Und ihre Bewegungen waren gleitend, unhörbar
beinahe, wie wenn sie immer fürchtete, jemanden zu
stören.

Sanft schmiegte sich ihr in zwei glatten Scheitel=
hälften aschblondes Haar um Stirn und Schläfe.
Regelmäßig war ihr Gesicht, klar und deutsch, mit
viel Gemütshauch, der sich nicht schildern läßt, und
mit wenig scharf sprechendem Geist, den man aber
nicht vermißt bei solchen Engelsköpfen.

Ihr Augenaufschlag war das Merkwürdigste an
7

ihr, — wie ein in den Himmel gerichtetes Gebet
voll tausend Ach's der Demut sah er aus.

Ihr Großvater hatte das Richtige mit ihr ge-
troffen: „Kleines, liebes, dummes Veilchen" nannte
er sie bis zu ihrem fünfzehnten Jahre, dann
„Fräulein Veilchen" und schließlich „Madame la
Violette", als sie geheiratet worden war.

Ja: worden war, denn sie hätte es sich doch
gewiß nie unterstanden, ihn zu heiraten, ihn, den
„jungen Meister," den alle bewunderten, dem die
Welt lauschte und den sie anbetete.

Aber er hatte sie geheiratet, wirklich, — ja,
wie war denn das möglich!?

Sie hatte es kaum begriffen.

Er hatte — sie geheiratet.

Wie ein Gnadenstrom vom Himmel war es
über sie gekommen, als er sie eines Abends gefragt
hatte, ob sie seine Frau werden wolle.

Sprechen darauf? „Ja" sagen?

Oh, oh: sie hatte nur geweint und war hinaus-
gerannt aus dem Zimmer, in die Küche hinaus, sie,
in ihrem Spitzenkleide, zur dicken Resi, die sie sonst
kaum sah, und hatte geschluchzt und gejauchzt.

Und wirklich, er hatte um sie angehalten, und
Papa, der Herr Professor, hatte nichts dagegen,

denn er war ja ein großer Künstler, und sie, sie
betete ihn ja an.

Man brauchte sie garnicht zu fragen. Schon
ehe sie ihn persönlich kannte, hatte sie ihn angebetet, da sie seine Stücke spielte, und nichts als
seine Stücke, und immer sein Bildniß auf dem
Titelblatte ansah, dieses scharfe Südländergesicht
mit den in die Stirn hereinrollenden schwarzen
Locken, der kühngebogenen Nase, den vollen Lippen
und dem dunkel glühenden Auge.

Nun wurde sie seine Frau.

Seine Frau. Aber nein doch, — seine Frau!?

Ach, sie konnte sich nicht hinein finden, die Arme.

Schon am Hochzeitstage: Immer von unten
sah sie zu ihm hinauf, voller Anbetung, und wie
Nonnenglut flammte es in ihren Augen.

„Wie geht's, Madame la Violette?" fragte sie
der Großvater beim Hochzeitsdiner, als er sie einen
Augenblick allein fand.

„Ach! Großpapa!"

Und wieder weinte sie, heiß, heiß.

„Aber Veilchen, Veilchen! Mein kleines, süßes,
dummes Veilchen! Sei doch gescheit. Du weißt,
du bist jetzt Madame la Violette, und da mußt du
halt vernünftig sein. Veigerl du, kleins!"

7*

„Ach, Großpapa!"

„Du, du, du: Nimm dich zusammen! So geht's nit, wenn die Veilchen heiraten. Risch und frisch! Ja, wo fehlt's denn? Du hast ihn doch lieb?"

„Ach, so sehr!"

„Na, siehst Du. Munter also, munter, mein Veilchen.

Sei lustig und blüh' ihm an die Brust, — aber nicht so weinerlich, sonst gehst mir no' ganz ausanand, und mehr reden mußt auch, mehr reden, nit bloß ihn alleweil' anschaun."

Und dann war er wieder gekommen, der Große, Gebietende, Schwarze, mit den Genieaugen.

„Sie ist halt noch a bisl ängstlich, das Veilchen" sagte ihm leise der Großvater.

Das Genie nickte träumerisch mit dem Kopfe.

In ihrem Herzen aber ging der Spruch: Blüh' ihm an die Brust!

Ja, das, das wollte sie: wie ein junger Epheu am Götterbilde, weich, zärtlich, umrankend.

Und es behagte ihm diese stille Anbetung anfangs wohl.

Mit lautlosen Schritten ging die Liebe durch

sein Haus, Blumen streuend umschritt sie leichtfüßig einen Altar, und er war der Gott, der darauf stand.

Ah, so läßt sich's schaffen! Nach jedem Akkord dankleuchtende Augen, und für jede Wallung des Herzens weiche Hingabe. Das war ein Hinwandeln auf duftendem Moos, unter blauem Himmel, zwischen lauter süß duftenden Jasminen.

Und er schuf eine Symphonie: Veilchen.

Oh, ein Schaffen aus dem Glück. Aus einer schwebenden Wolke weicher Seligkeiten warf er seine Harmonieen hinab in die rauhe Welt, die nur ein Vorhof seiner Wonnen war, er, der selige Gott, angebetet von der Liebe selber.

Und ihr Herz war voll der Wonne der Anbetung und Begnadung. So immerfort in alle Ewigkeit auf den Knieen, den Blick nach oben übergossen von Gnadenströmen!

Und die Symphonie war fertig. Freunde hörten sie.

„Zu weich, lieber Freund. Wo ist Dein Schwung hin, deine Feuergarben von Tönen, die in die Hölle und in die Herzen zucken? Du verkommst in lauter Moll und Süßholz.“

Überall dasselbe:

„Besinne dich doch auf Deine Kraft! Leidenschaft
ist Deine Stärke! Schreibst du denn für Liedertafeln?
Raffe dich auf, Freund, du bist nahe, Philister
zu werden.“

Philister?

Ja, freilich, recht besehn, war diese Weichheit,
diese wollüstig parfümierte Musik, ihm doch fremd.
Nichts als Idylle und Schafschur, und die große
Kühnheit fehlte.

Und es grub sich in seine Seele die Sehnsucht
nach neuer Raserei, wie sie seine alte Art gewesen
war, und er ging wilden Tönen nach und
stürmischen Phantasieen.

Weg, weg diese ewige Gemütlichkeit!

Aber wie auf weichen Pantoffeln zog da fortwährend etwas hinter ihm her.

„Rosa, laß’ doch endlich dein ewiges Schmachten!

Schleich’ nicht so. Es macht mich nervös, dies
ewige Anschaun.“

„Robert!“

„Aber so versteh’ mich doch! Ich vertrage die
ewige Weichheit nicht. Wir verfilzen uns noch in
lauter Liebe und Langerweile.“

Sie erschrak vor der Brutalität dieser Worte, und ein erster Schmerz blinkte in ihrem Auge.

„Herrgott, hast du denn gar keine Glut in Dir?

Glut, heißes, brausendes Leben, Leidenschaft? Ach dieses ewige Schmelzen!"

Er raste sich aus auf dem Klavier. Schweigend in einer Ecke lauschte sie.

Er klappte den Flügel laut zu und ging. Kein Abieu.

Es ward ihr bange.

Aber nein, nein! Wie hatten diese Akkorde wieder ihr Herz ergriffen. Sein Genie, ja sein Genie! Alles andere versank. Oh, dieser große Mann, dieser große, große Mann!

„Blühe an seine Brust! — Kann ich denn mehr?"

Erst spät kam er wieder. Er sah so wirr aus. „Robert!"

„Laß mich!"

Sie konnte die ganze Nacht nicht schlafen.

Was hat er nur? Was soll ich thun?

Und am nächsten Tag begann sie wieder ihre schweigende Anbetung, und je mehr er sich einwühlte in die Leidenschaft seines Innern und es in brausende Harmonieen strömte, um so mächtiger fühlte sie die Größe seiner künstlerischen Mannheit, und um so brünstiger hing sie an ihm in ihrer wortlosen, duldenden Verehrung.

Aber er entfernte sich weiter und weiter von ihr, und sie wurde ihm ein lästiger Weihrauchduft.

Ein paar mal versuchte er, sie zu „wecken."

„Ah, nichts mit diesem — Veilchen!"

Und sie durfte nicht mehr in seinem Zimmer sein, wenn er phantasierte und schrieb, und, war er seines Schaffens müde, so suchte er sich Erholung draußen — wer weiß wo.

Sie fühlte, daß seine Liebe schwand, aber ihre Verehrung besann sich nicht auf das, was seine Liebe wieder hätte gewinnen können.

Sie war nur geschaffen, still an seine Brust zu blühen, wie ein Epheu an ein Götterbild, und er wollte ein Weib statt einer Blume.

„Ist Madame la Violette nicht glücklich?" fragte der Großvater.

„Glücklich . . . ? Oh . . . doch . . . . Großpapa!"

Die rote Sphinx

Die rote Sphinx
Winter-Frühlingsstimmung
(1893)

Draußen drückt der Winter auf den Garten. Alle Wipfel stehen still, starr, schwarz. Es hat noch keinen Schnee gegeben. Nur harter Frost schneidet die Luft, und es fallen blinkende Krystalle.

Das ist so eigen. Dieses Bild, wie alles kahl und kalt, müd und alt besteht, gebückt unter einer stummen unabwendlichen Macht, dieses Bild überkältet mein Herz und giebt mir ein greisenhaftes Fühlen, eine wunderliche, unjugendliche Ruhe, so einen harmonischen Herzschlag, pulslinde, gemessen, getragen beinahe, und ich könnte mir einbilden, daß ich weiße, dünne Haare hätte und Hände mit faltiger, weicher, dünnpergamentener Haut, unter der sich die Knochen kalt anfühlen.

Herrgott, ich begreife das Wort „beschaulich"! Laßt uns den J. H. Voß zitieren! —:

Auf die Postille gebückt, zur Seite des wärmenden Ofens
Saß der . . . .

Da schwankt ein Wipfel drüben. Eine junge Birke ists.

Kein Baum ist wie dieser so voller keuscher Seele, so mädchenzart und jungferlich. Drum schmiegt er sich auch so den Winden, drum zittert auch so sein Laub, sein helles, zages, wenn der rote Herbst ins Hifthorn stößt, der nehmende, fruchtheischende Mann.

Immer noch die Birke. Hin und her, hin und her im Winterwinde. Und das Silber ihres Stämmchens ist grau geworden.

Als die Margriten ihren Stamm umblühten . . . . .

Ein weiter Kranz von flockigen Sternen wars, schön bogenrund hingesät in berechnendem Armwurf vom guten Gärtner Lenz.

Wir nannten ihn „unfrer lieben Frauen Birke Heiligenschein ..", denn uns war minnefingerlich zumute.

Ach ja, da war Frühling . . . . .!

Und wir waren so verliebt . . .

Merkwürdig, wie verliebt der Mensch manchmal
sein kann, wenn Frühling ist.

> Mädchen küssen, Verse machen
> Sind des Frühlings Siebensachen.
> Winter kommt, man blickt zurück:
> Eine Wolke rosazart, eine leichte Wolke ...: Glück.

Wie schön der Garten damals, die ganze Erde
wie schön!

Einmal sah ich ein nacktes Amorbübchen die
Birke hinaufklettern. Himmel, wie glänzten die
rosigen Hinterbäckchen in der Frühlingssonne! Und
ein leiser Wind legte seine blauen Falterflügel
um. Willst du wohl, Kletterbub! Und bsch! flog
das Gottchen aus dem grünen Laube in die blaue
Luft, richtig, wie ein Spatz auffliegt.

Ja, ja, der Frühling:

> Es ist ein Reihen geschlungen,
> Ein Reihen auf dem grünen Plan,
> Und ist ein Lied gesungen,
> Das hebt mit Sehnen an,
> Mit Sehnen also süße,
> Daß Weinen sich mit Lachen paart:
> Hebt, hebt im Tanz die Füße
> Auf lenzeliche Art!

Und durch den grünen Mai flog ihr rotes
Haar, flog wie ein Schleier im Kreise um den
silbernen Birkenstamm, und ich höre noch ihre
Stimme, die wie ferner Glockenwiderhall war im
wunderlichen Liede:

> Aus dem Rosenstocke
> Vom Grabe des Christ
> Eine schwarze Laute
> Gebauet ist;
> Der wurden grüne Reben
> Zu Saiten
> Gegeben.
> Oh wehe du, wie selig sang,
> So erdssüß, so jesusbang
> Die schwarze Rosenlaute.
>
> Ich hörte sie singen
> In mailichter Nacht,
> Da bin ich zur Liebe
> In Schmerzen erwacht,
> Da wurde meinem Leben
> Die Sehnsucht
> Gegeben.
> Oh wehe du, wie selig sang,
> So jesussüß, so erdsbang
> Die schwarze Rosenlaute.

Das war die „rote Sphinx", die so sang..

Die rote Sphinx .... In diesem Liede —
wer weiß, wer es ihr geträumt; ich glaube, daß

sie es sich selber gefügt hat aus Ahnen und Sehnsucht — war ihr ganzes Wesen.

Nonne war sie halb und halb Balchantin.
Monstranz und Korybantenbecken gaben wir ihr
ins Wappen.

Unser kleiner Präraphaelit — er ist nun auch
gescheit geworden und hat sogar den „Michel vierter
Verdünnung" erhalten; Gott lasse ihm die Würde-
last leicht sein! — hat es gemalt.

Es war in der Herzform des Lindenblattes,
das heraldisch in drei große Felder geteilt war.
Im linken Felde oben war die goldene Monstranz, gehalten von zwei blührieselweißen
schmalen Händen, von denen weißseidene Ärmel
in steinstarren Falten fielen. Daneben im rechten
Felde zwei nackte, volle, rötlich überhauchte
Arme (wie wenn der Widerschein eines Pokals
voll dunkelroten Weins auf sie fiele), in deren
nieblichen, festen Händen die silbernen Becken
wirbelten. Hinter dem Golde des linken Feldes
war Silber, hinter dem Silber des rechten Feldes
war Gold, — sehr unheraldisch das, aber sehr
schön. Unten aber im Hauptfelde lag sie, lag sie
als zarte Sphinx mit dem Leibe einer jungen
Löwin, mit ihrem brennroten Haar, mit ihren grünen

8

Augen, in denen ein Tiefton von gelb drohte.
Hinter ihr war blaue, bestirnte Nacht, weit aus-
gewölbt in schweigende Unendlichkeit; zur Linken
wuchs ihr eine mondlichtweiße Lilie, zur rechten
flammte eine dunkelrote auf; beide steif und steil
und mit stahlblauen Blättern wie scharfe Schwerter.

Wir sahen sie nicht gar oft. Sie war nur
Gast in unserm Kreise, den wir die „Tafelrunde
ohne Tafel" nannten, weil wir nicht immer was
zu essen hatten.

Sie hatte einen kranken Onkel zu pflegen, der
mit dem gräßlichen Egoismus des langsam Sterben-
den ihre Jugend an sein Siechbett fesselte.

Mitten in der Stadt stand das ewig dunkle Haus,
in dem sie wohnten. Das Krankenzimmer war stets
im Dämmer; niemals ließen offene Fenster Licht in
den stickigen Raum; an den Wänden hingen alte
verstaubte Bilder. Ewig stöhnend lag der mürrische,
graue Kranke im Bett; seine einzige Bewegung
war das Zittern seiner knochigen Hände auf der
dunklen Bettdecke.

Dort mußte sie weilen, Tag für Tag, und
durfte nur fort, wenn der Alte schlief, und mußte

stundenlang aus alten Büchern vorlesen, schaurig
romantische Geschichten voll lächerlichem Pathos
und weinerlicher Sentimentalität, und die abge=
schmacktesten Stellen wollte der halb idiotische
Kranke immer zehnmal haben.

Sie trug dies Leben ohne Klage; sie lehnte,
streng und doch mit innerlicher Bitte, jedes Mit=
leib ab.

Sie kam zu uns, in unsern wilden Kreis,
wo ein jeder am liebsten mit den Sternen jongliert
hätte, und wo köstlicher Aberwitz in Hyperbeln und
Paradoxen tollte, „auf Ferien", wie sie sagte. Da
wollte sie nichts wissen von der Krankenstube, in
der — sie starb.

Denn sie wußte es, sie fühlte es mit greller
Gewißheit, dort würde sie vergehen, bald, schnell.
Der Sterbende hatte sie in seinem Bann, der
Sterbende, den sie nicht liebte, während ...

Wir konnten nur ahnen, wie tief die Tragik
dieser gelähmten Jugend war, denn nur in seltenen
Andeutungen erfuhren wir etwas von ihr.

Da war ein Bild, von dem sie uns einmal
sprach, ein Traumbild: Blendendes Frühlicht des
Frühlings über einer blumigen Wiese; glitzernder
Thau an allen bunten Kelchen; unendlich weit der

8*

Blick bis zu hohen, blauen Bergen; wolkenlos, wundertiefblau, jubelblau, so sagte sie, der Himmel. Nur da, aus fernster Ferne, langsam, schwül heran, eine dicke schwarze, gelbgeäderte Wolke. Und mitten im Blühen, in Lust und Leben, ein Mädchen, jugendrot, weit offen die Augen zu der schwülen, kommenden Wolke, und über ihr, aus der frischen Bläue der Luft heraus eine gelbgraue beinene Hand, von der es blutrot auf den Scheitel der Starren heruntertropfte . . .

„Malen könnt ihr das freilich nicht", fügte sie hinzu, „denn die schwarze Wolke müßte ein Gesicht haben, wie ein Mensch." Und sie wandte sich ab, wie von einem grauenhaften Ekel erfaßt.

Sie mußte furchtbar leiden, das sahen wir oft. Es war ein unaufhörlicher Kampf in ihr, ihr Leben zuckte unter den Würgegriffen eines Verhältnisses, hinter dessen letzte Geheimnisse wir nicht gekommen sind. Wir konnten es nur äußerlich wahrnehmen.

Bis ins Tiefste ergriff es uns oft, wie ihr Wesen jäh umschlug: aus einer jauchzenden, stürmischen, tanzrhythmischen Lustigkeit in beklommenes

Insichsinken, daß sie wie eine Somnambule ward, deren Seele im Wachschlaf die große Leidens- geschichte von Golgatha herzblutend in sich wieder- erlebt.

Zwei Menschen sahen wir da oft in einem, zwei ganz verschiedene Menschen: ein lebenverliebtes Geschöpf, rot von Lust und Tanz; mit Augen, die sonnig hell und tief waren, wie beim ersten Kusse der Braut; mit einer Stimme voll blutwarmer Tiefe, beglückend und beglückt und von einem starken, strömenden Atem getragen, wie von erstem, ästehebendem Frühlingswind; die Bewegungen ein Schreitetanz, Berge hinauf, fröhlich, ausgelassen, kraftherrlich, — und dann — — —: eine Müde, innerlichst Verwundete, eine Verwellende, Flehende: Laßt mich, laßt mich allein, laßt mich am Weg- rande liegen — und beten ... und sterben ... Ihr Gesicht war dann grünlich blaß, ihr Auge tief eingesunken, stumpf, ihr Stimme zage und ge- brochen, der Atem matt verhauchend, der Gang ein mühsames Schleppen.

Aber auch um diese Müde, Verendende war eine Atmosphäre von bannender Macht, von un- widerstehlicher Anziehungskraft.

An ihrem Übermut freuten wir uns, ihre helle

Freude nahmen wir wie die köstliche Gabe des jungen Frühlings, — ihr tiefes Müdesein liebten wir, ihre Qual beteten wir an, wie ein großes, wunderbares Symbol.

Die jüngsten unter uns redeten von ihr als von der modernen Muse und behaupteten, sie gäbe ihnen so unendlich tiefe Sachen ein, daß es nur leider nicht möglich sei, sie in Farben oder Worten zu dichten.

Nur einer unter uns, der einzige Nichtkünstler, ein junger Arzt, cynisch bis zum Unerträglichen, aber ehrlich in seiner schnellfertigen Kraftstoffelei, warnte:

„Jungens, das Mädel ist ein Unglück! Sie macht euch allemitnander zu Leichenbittern. Stigmatisiert seid ihr allemitnander. Verdammt noch mal: sogar die Gesundheit ist bei der Roten krank!"

Ja, sie litt wohl schwer am Leben, weil sie nicht die Kraft hatte, es gering zu schätzen, wie es manche Kranke so gut verstehen.

Sie wollte, wollte, wollte leben und glücklich sein, gesund sein.

Unser cynischer Mediziumann brachte uns eines Tages die Nachricht: Sie ist tot.

Er hatte sie, zu spät gerufen, im Lehnstuhl zu-
sammengesunken gefunden, auf dem Schoße ein
altes Buch.

Der Kranke hatte ununterbrochen auf sie ge-
scholten, in unverständlichen Redensarten voll Gift
und Galle und doch in einem Tone, der einen gewissen höhnischen Schmerz verriet.

„Mir ist angst und bange geworden dabei,"
sagte der Medizinmann; „das dumpfige dunkle Loch,
der graue alte Kerl mit seinen gierigen Augen, und
diese trocken bellende Stimme, — nee, es war
gräßlich. Das Mädel muß schauerlich gelitten
haben. Bis zum letzten Athemzug."

Im Leichenhause auf dem Friedhof draußen,
der ganz in Flieder stand und von Nachtigallen
wiederklang, haben wir sie besucht und ihr Wappen-
bild an ihrem Sarge aufgesteckt, lorbeerumwunden,
wie sichs ziemt für Eine, die kämpfend gestorben
ist und mit der Seele einer Künstlerin.

Ganz in Weiß gekleidet lag sie da, die schmalen
Hände über der Brust gefaltet. Die roten Haare
flossen so hart und tot die Sargwände entlang.
Der Ausdruck ihres Gesichtes war streng und weh.

Das Nonnenhafte an ihr hatte der Tod ge=
steigert.

Mir aber schien es, als habe der Tod uns
nur die Nonne genommen, die nun baläge im toten
Gebete, aber plötzlich würde sich aus ihr die heitere
Tanzpriesterin des Lebens erheben, strack sich auf=
richten im Sarge und laut, laut, laut wie ein
silbernes Freiheitsgeläute lachen, hinauslachen in
den Frühling: Ich bin gesund, meine Freunde, ich
habe mich gesunden und lebe nun in heller Liebe
und aller Hoffnung!

Seht, meine Augen sind blau geworden wie der
lichte Himmel, und meine Wangen rot wie Apfel-
blust; nun sollt ihr euch mit mir freuen und tanzen
in alle Ewigkeit um die junge Birke und ein
Loblied singen dem lichten Leben!

Denn Krankheit, Not, Bangheit und Tod, alles
was dumpf und häßlich ist, — oh, das ist nur
Traum und träger Irrtum!

Jung sind wir und gesund und schön und
voller Kraft, und in Liebe und Zuversicht wollen
wir ein neues Leben gründen der grauen Welt! —

Das war wohl der Frühling, der mich so
schwärmen ließ, der junge, preisliche Held mit dem
grünen Panier, der lachend über die Erde schritt,
als wir sie der Erde gaben.

Ja, der Frühling war's wohl, der Frühling
mit den Nachtigallenliedern, aber ich weiß: was er
mir eingab, kam aus ihrer Seele, und es soll mir
ein Vermächtnis sein:

> Es ist ein Reihen geschlungen,
> Ein Reihen auf dem grünen Plan,
> Und ist ein Lied gesungen,
> Das hebt mit Sehnen an,
> Mit Sehnen also süße,
> Daß Weinen sich mit Lachen paart,
> Hebt, hebt im Tanz die Füße
> Auf senzeliche Art!

Don Juan Tenorio

Don Juan Tenorio

Wenn Einer stark und schlank in den Gliedern ist und dazu ein paar tiefdunkelblaue, angenehm feurige Augen, entzückend geschwungene, volle Lippen und einen Tenor hat, mächtig emporströmend wie die Strahlmasse eines Riesenspringbrunnens und süß wie erste Liebe, — dann ist es schwierig, sehr tugendhaft zu sein.

Es giebt Mädchen und giebt auch Frauen, die es solchen Tenören geradezu unmöglich machen, bei der Stange der Tugend zu bleiben. Joseph damals, in Ägypterland, der hatte es leicht mit der einen Potiphar; einen Mantel kann schließlich jeder schießen lassen, zumal, wenn die Schneiderpreise so niedrig sind, wie man es für die Zeiten des alten Testamentes annehmen darf. Aber, wenn die Potiphars dutzendweise auftreten und die englischen Schneider so teuer sind, wie heutzutage, dann ist es schon nicht mehr so einfach, keusch und in Hemds-

ärmeln davonzueilen; ganz abgesehen von der polizei-
widrigen Unanständigkeit, die für einen wohlerzogenen
modernen Menschen in einer solchen Garderobe-
verfassung liegt. In einem solchen Falle ist in
diesen Zeitläuften Tugend sowohl unökonomisch als
auch gegen die gute Sitte. Es geht einfach nicht.
Wir leben nicht in Ägypterland.

Aus diesen Gründen (und noch ein paar andern)
ist es zu erklären, daß der Kammersänger Müller
(ich nenne ihn Müller, damit er inkognito bleibt)
in den Ruf eines Mannes geriet, der im Irrgarten
der Liebe öfter spazieren ging, als auf der Pro-
menade.

Seine Freunde nannten ihn darum Don Juan
Tenorio. Erstens, weil er ein Don Juan, zweitens,
weil er ein Tenor war, und drittens, weil der
wirkliche Don Juan, ohne ein Tenor zu sein (weshalb ihn Mozart auf Bariton gesetzt hat) aus
einem Hidalgogeschlechte Namens Tenorio gewesen
sein soll. Woraus man erkennen kann, daß Kammersänger Müllers Freunde in den historischen Wissenschaften wohl beschlagen und nebstbei Leute von
Gründlichkeit waren.

Indessen: Müller war doch noch etwas mehr,
als Don Juan und Tenor: er war auch Antisemit.
Vielleicht war er es deshalb, weil sein spanisches
Vorbild als richtiger spanischer Hidalgo ganz ohne
Zweifel auch Antisemit gewesen ist, vielleicht hatte
er aber auch gar keinen Grund dazu außer dem,
daß es heutzutage allgemein üblich ist, Antisemit zu
sein. Gleichviel: er war es und zwar ebenso voll wie
ganz. Es war sein Sport, seine Erholung, seine
Zimmergymnastik; er liebte den Antisemitismus wie
der Radler sein Rad; es hätte ihm was gefehlt,
wenn er des Gefühles verlustig gegangen wäre, die
Juden zu hassen. Die Juden, — ha! Die jüdischen
Tenöre — ho! Die jüdischen Kritiker, — Himmel-
herrgottsdonnerwetternochmal!

Im Übrigen aber war Müller ein kreuzgemüt-
licher Herr, der in Wahrheit weder einer Fliege noch
einem Juden etwas zu Leibe hätte thun können.
Ich glaube: Gerade weil er eigentlich niemand
hassen konnte, gab er sich diese grimmige Mühe,
alles Jüdische mit dem Hasse eines Nibelungenrecken
zu verfolgen. Er hatte zu wenig Bewegung und
Leibesarbeit für seine gewaltige Statur; er hätte

sich eine Jagd pachten oder Fußball spielen sollen,
um die überschüssigen Kräfte los zu werden; da er
alles dies nicht that, mußte er gewaltig viel trinken
und dabei auf die Juden schimpfen.

Es war also eine Art hygienischer Antisemitismus, dem er fröhnte, eine liebe, heilsame Gewohnheit, und, weil er sich so wohl dabei fühlte, war
er ganz verliebt darein und aufs Innerlichste davon
überzeugt, daß sein Judenhaß zu ihm gehörte, wie
sein Tenor, als ein wesentlicher Bestandteil des
Mikrokosmos Müller.

Seine Freunde waren nicht weniger antisemitisch
als er und teilten mit ihm die Neigung für Ge-
tränke von Wucht und Fülle. Es waren vorzüglich
zwei, mit denen er gerne schwere Bowlen trank und
die jüdische Rasse vertilgte: der grenzenlos dicke
Bassist Schulze und der kleine glatzköpfige Doktor
Lehmann, ein Privatgelehrter, der neben vielem
Geld eine böse Zunge hatte und im Grunde der
einzige von den Dreien war, dem man es zutrauen
konnte, daß er einmal mit seinem Judenhasse Ernst
machte, — nur hätte es nicht gar zu ernst ausfallen
dürfen. Der Blutdurst wird immer seltener, selbst
unter Germanen und Privatgelehrten.

Da an dem Theater, dem Müller und Schulze

angehörten, der Mittwoch immer opernfrei war
(weshalb man ihn den Tag der Seligen nannte),
so war dieser Tag ein für allemal dazu bestimmt,
mit einer redereichen Bowle beschlossen zu werden,
deren Schauplatz abwechselnd die Wohnung eines
der Dreie war. Ich will nicht sagen, daß man dabei durchaus nichts anderes gethan hätte, als gegen
Judäa zu Felde zu ziehen, denn es gab ja schließlich auch noch Collegen, aber so viel steht fest, daß
im rollenden Chklus der Bowlen immer ein Zeit-
punkt eintrat, wo der eine oder andere den übrigen
Gesprächsstoff mit breitem Schwunge beiseite schob
und dafür das Leib- und Magenthema von der
Nichtsnutzigkeit der pp. Juden mitten auf den Tisch
aufpflanzte.

Sie amüsierten sich selber darüber, wie sich das
stets so gesetzmäßig vollzog, als stecke ein Gelübde
dahinter, und es galt als Ehrenpunkt, das Urthema
mit immer neuen Ouverturen einzuleiten. Je weiter
der Sprung zum Juden war, und je eleganter er
ausgeführt wurde, um so lebhafter dröhnte der Beifall dem kühnen Springer. So hatte Schulze einmal einen wahren Triumph erlebt, als er mit einem
unnachahmlichen Gedankensatz von der Apfelwein-
kur auf die Judenfrage übergegangen war, und das

9

in einem Augenblicke, als wirklich keiner etwas Böses
ahnen konnte. „Es ist kein Zweifel,“ hatte er gesagt, „der Apfelwein gehört zu den besseren Abführ-
mitteln, aber dieser infamen Nation macht er uns
doch nicht lebig!“

Es war ein solcher Bowlenmittwoch, und die
drei Freunde waren in Don Juan Tenorios Wohnung
versammelt, als dieser erklärte: Heute giebts Knoblauchbowle!

Der grenzenlos dicke Bassist, der nichts ahnend
beschaulich dasaß wie der japanische Gott des Reis-
biers und der Zufriedenheit, erhob majestätisch
sein Haupt, daß seine fünf Kinne übereinander-
herschwappten, und ließ seinen Bauch, den er eben
etwas nach oben plaziert hatte, entsetzt fallen, sodaß
das Zimmer bebte. Der Privatgelehrte klatschte
sich schonungslos auf die Glatze.

Dann riefen beide rollenden Auges und fürchterlich, im Baß der eine, der andere im Sopran:
Knoblauch!? . . . !. . . ?

— Echte Knoblauchbowle! wiederholte der Tenor:
mit Maßes.

— Dieser zügellose Bursche erlaubt sich un-

gebührliche Ironieen mit seinen älteren uud seriö-
seren Freunden, bemerkte der Bassist und blies Luft
von sich.

— Er macht übelriechende Witze und vergißt,
daß er es mit Leuten von Geschmack zu thun hat,
erklärte der Privatgelehrte.

— Er macht gar keine Witze, sagte der Tenor
gelassen und rief zur Thür hinaus: Frau Kunkel,
ist der Judenknabe da?

In diesem Augenblick geschah etwas Schrecken-
erregendes: Schulze, der mit einem Gewaltsatze auf-
springen wollte, es aber nicht vermochte, hob statt
dessen seinen Bauch mit Aufbietung all seiner Kräfte
schnaufend dreimal hoch und ließ ihn dreimal wieder
fallen. Es war wie ein Erdbeben. Dazu rief
er mit tiefstem Donnerton: Luft! Luft! Führt
mich in Atmosphäre!

Der Privatgelehrte aber, dem das sehr leicht
fiel, war wirklich aufgesprungen und blies den Tenor
von unten mit emporgeworfenem Kopfe an wie
weiland David der Hirtenknabe den Riesen Goliath:
Wie?! Was sagt er? Wen erwartet er? Was?
Wie? Wahnsinn! Wahnsinn!

Der Tenor lächelte blos. Dann begütigte er:

9*

Ruhe! Friede sei mit euch! Haltung, meine Freunde! Hört mich an!

Es war wie vor einer großen Arie.

Und nun sprach er:

— Ihr wißt, daß ich einige Verehrerinnen in dieser Haupt- und Residenzstadt habe. . . .

— Lasterbube! brummte der Dicke.

— Ich trage das mit männlicher Würde und thue mein Mögliches. . . .

— Das Fleisch ist willig, und der Geist wird schwach, fistelte der Privatgelehrte.

— Ein bischen Neid ist hochwillkommene Würze. Das nebenbei! Aber, was ich zu sagen hatte: Seit zwei Wochen hab ich auch einen Verehrer.

— Ich sah diese Verirrung längst voraus; so endigen alle Debaucheurs. Aber dennoch: pfui! Du bist auf glitscherigem Pfad, Tenorio! Ich werd es Herrn Krafft-Ebing schreiben.

Der Dicke schüttelte das Haupt.

Tenorio fuhr unbeirrt fort:

— Seit zwei Wochen bombardiert mich ein junger Handlungslehrling mit allerhand Briefen, sowohl in Prosa als auch in einer Art Verse. Z. B.

> Wenn ich Dich als Siegfried seh,
> Schwingt mein Herz sich in die Höh;

Einmal nur in Deiner Näh
Möcht ich weilen;
Zu Dir eilen;
Wo ich geh und wo ich steh,
Denk ich Dein in Lust und Weh.

— Pfui! dröhnte es aus der Tiefe des Dicken.

— Dieser Handlungslehrling ist ein Backfisch, erklärte Lehmann.

— Nein, es ist ein kleiner Jüd.

Der Dicke wimmerte, als ob er Kolik hätte. Der Glatzköpfige pfiff vor Ärger.

— Karfunkelstein heißt der Dichter.

— Luft! Luft! Ich ersticke. Knöpft mir die Weste auf!

Der Dicke sah ganz hilflos aus.

— Natürlich kann ich mir das nicht gefallen lassen.

— Überliefere ihn meiner Faust, Tenorio! Ich werde ihn am linken Fuße ergreifen, so; mächtig dreimal so um mein Haupt schwingen, so; und seinen elenden Judenschädel an einer Schandsäule zerschellen lassen, so . . .!

Der Bassist mimte diese entsetzliche Handlung mit vielem Ausdruck.

— Die Frechheit dieser Rasse zieht die letzte

Badehose aus, wenn sie Verse macht, bemerkte der
Privatgelehrte.

— Ich werde ein Exempel statuieren. Ich habe
ben hebräischen Knaben für heute eingeladen, —
erklärte Müller.

— Gut so! Schleppt ihn an meinen Stuhl!
Mit dieser meiner rechten Hand werde ich ihm die
Ohren elephantisch lang ziehen. Wo ist der israe-
litische Bube! Her mit ihm! Aber vorher, Tenorio,
gieb mir zu trinken!

Schulze sah aus, wie ein kanibalischer Opfer-
priester. Die Rockärmel hatte er beide hochgestreift.

Da klingelte es.

— Macht keine Dummheiten, Leute! Wir wollen
ihn einfach betrunken machen. Sein Katzenjammer
soll seine Strafe sein.

— Elender Weichling! Schlappohriger Ent-
schluß! Assa foetida und Anilintinte ihm in den
Schlund!

Der Bassist sah immer noch furchtbar aus.

Aber Lehmann pflichtete bei:

— Alkohol, dem germanischen Manne begeisternde
Labe, ist dem knoblauchgeschwächten Organismus
des Semiten Gift. Wir wollen ihn einseifen, daß
ihm der Schaum bis ins Gehirn steigt.

Der Privatgelehrte sah teuflisch aus, als er das sagte.

Da klopfte es zaghaft an die Thür, Schulze donnerte ein gewaltiges Herein! und in die Stube trat ein junger Mensch von etwa siebzehn Jahren.

Die sechs Antisemitenaugen blickten ihn streng an und fanden, daß es ein greulicher Judenjunge sei. In Wahrheit war es ein hübscher, etwas mädchenhaft aussehender Bursche. Wäre die Statur nicht gar so kümmerlich gewesen, besonders in den unteren Partien, und hätten die Arme sich mehr in den üblichen Verhältnissen gehalten, so hätte die ganze Erscheinung als höchst angenehm gelten können. Zumal in den schwarzen Augen lag etwas rührend Gläubiges, ein tiefes Feuer, das sich nur nicht heraustraute. Und auch der Mund war edel und fein. Aber der gute Eindruck mußte verschwinden, sobald das schüchterne Kerlchen sich bewegte. Er hatte im Gange etwas von einem aufgeregten Papagei, wie er so über die großen Zehen daher kam und mit dem Oberkörper zuckte. Dazu unablässige Verbeugungen und ein ratloses Herumirren der schönen Augen.

— Sie sind also der Herr Karfunkelstein!? redete ihn der Tenor an.

— Ja, Herr Kammersänger, ich heiße Karfunkelstein.

— Wissen Sie, was das bedeutet!? bonnerte
ihn der Bassist an.

— Ich ... ich ... entschuldigen Sie ... ich
verstehe nicht ... wieso? ...

Der kleine Mann sah eine Spur energisch aus,
als er das sagte.

— Genug! Setzen Sie sich!

Der Bassist reckte seine Faust nach einem leeren
Stuhle hin.

Der Anflug von Energie schwand vor dieser
mächtigen Geste. Der junge Mann setzte sich und
blickte den Tenor schüchtern lächelnd an.

— Trinken Sie! bonnerte der Bassist.

Diese Aufforderung war in deutlichster Im-
perativform gestellt, es konnte gar kein Zweifel
barüber obwalten, aber Herr Karfunkelstein nahm
sie als Frage und antwortete demütig: Nein.

— Treiben Sie keine frivolen Späße mit uns,
Herr Diamantgeschmeide! Erfassen Sie mit Ernst
die ernste Situation! Nehmen Sie dieses Glas
und trinken Sie es ungemein schnell aus!

Der Bassist blähte die Backen und verdoppelte

damit den Umfang seines ohnehin übermenschlich
großen Antlitzes.

Der junge Mann erschrak heftig und machte
Miene, aufzustehen.

Aber der Tenor brachte ihn gleich wieder zum
Sitzen, indem er sprach: Jaja, mein Freund, Sie
müssen schon trinken. Sind Sie nicht mein Gast?
Nun also! Thun Sie uns Bescheid! Wir wollen
lustig sein, mein Herr Verehrer!

Der junge Mann errötete, lächelte und trank.

Es war ihm ja unbehaglich, und er fühlte, daß
dieses Getränk ihm zu Kopfe stieg, aber er fühlte
sich doch auch wieder innig wohl und sehr geehrt,
da er mit seinem Idol zusammensitzen durfte, mit
diesem Mann, in dem er die Verkörperung von
Gestalten verehrte, die für ihn der Inbegriff alles
Hohen und Erhabenen waren.

Wie die Bowle ihm Mut gemacht hatte, was
sich verblüffend schnell einstellte, fing er denn auch
gleich zu schwärmen an. Unter dem dröhnenden
Hohoho des Bassisten und dem meckernden Hähähä
des Privatgelehrten stammelte er seine Begeisterung
für den angebeteten Herrn Müller ergriffen von
sich, und, wie er noch mehr Bowle getrunken hatte,

genügte seiner Seele das prosaische Wort durchaus
nicht mehr; er ließ sie in Versen auslaufen.

Der arme kleine Bursch! Auf dem Stuhle
stehend und eckig mit den Armen die Luft durch-
fegend krähte er mit trunkener Stimme entsetzlich
gereimte, aber ehrlich empfundene Banalitäten und
that immer wieder selig Bescheid, wenn ihm das
boshafte Trifolium, gleichfalls immer betrunkener
werdend, unter Ausrufen dick aufgetragener Bewunderung für seine Poesie zutrank.

Der Bassist nannte ihn nur noch König Salomo
und zwang ihm einen Stiefelknecht als Harfe in die
Arme. Der Privatgelehrte erbot sich, seine Gedichte unter dem Titel „Laberdisch-Hymnen an den
göttlichen Müller“ in Goldschnitt und mit Karfunkelsteins Porträt herauszugeben, und der ge-
feierte Kammersänger selber erklärte, er werde der
unziemlichen Krämerfrohnde des begnadeten Isaat
ein Ende machen und ihn zum Heldenknabensopran
ausbilden.

Daran schlossen sich Gesangsproben des mehr
und mehr sinnlos werdenden jungen Mannes, der
unablässig singen mußte:

    Keiner ging, doch Einer kam,
    Siehe, der Lenz lacht in den Saal.

— Oh du verfluchter König Salomo, erklärte der Bassist, du singst wie eine Libanonamsel auf Cedernwipfeln, und der Meister selber, hätte er das erleben dürfen, würde dir den Weihekuß versetzt haben. Komm her, du säulenbeinige Zierde Israels, daß ich dich an meinen Bauch drücke!

Der Bassist hatte vor Betrunkenheit seinen Antisemitismus völlig vergessen und beteuerte, daß er diesen hoffnungsvollen Knaben schwärmerisch liebte.

Dieser selber begann schließlich hebräisch zu singen, indem er dazu einen sonderbaren knickebeinigen Tanz vollführte, den man allgemein als Tanz vor der Bundeslade bezeichnete und unermüdlich da Capo begehrte.

— Noch einmal den Knieknacketanz der Israeliter! schrie der Bassist.

— Knackeknie! Knackeknie! Oh Du sü..ßes, oh du schö..nes, oh du tru..umm...es Kna.. a..a..ackeknie! sang der Privatgelehrte.

Es war längst Mitternacht vorüber, als allgemeine Müdigkeit zum Aufbruch mahnte.

Der Bassist stülpte sich seinen samtnen Wagner-

hut aufs Haupt, der Privatgelehrte teilte sich seinen
Zylinder auf den Schädel, der Tenor suchte die
Kopfbedeckung des jungen Mannes. Der aber erklärte mit Bestimmtheit, niemals in seinem Leben
diesen Raum verlassen zu wollen, der für ihn der
Himmel aller Himmel sei. Man setzte ihm sein
kleines Hütchen auf und sprach ihm gütlich zu, aber
er warf es mit einem Gekräh höchster Verzückung
zum Fenster hinaus und schwang die Arme stürmisch im Kreise und rollte verwegen die Augen und
weinte dann vor Seligkeit.

Es war kein Mittel, ihn fortzubringen. Nicht
einmal wegtragen ließ er sich, und schließlich:
Wohin hätte man ihn tragen sollen? Niemand
wußte seine Wohnung. Unmöglich, ihm ein ver-
nünftiges Wort zu entlocken.

— Wo wohnst du, König Salomo? Wo strahlt
die Pracht deiner heimischen Kandelaber?

— Wagelaweia! Wallhall, ragender Bau!
Wa .. wa .. wa ...

— Haben Sie wenigstens einen Hausschlüssel?

— Winterstürme wichen dem Wonnemond,
Wo ... wo ... wonnemond.

— So lagre sein Gebein aufs Kanapee,
Tenorio!

— Eine nette Geschichte. Einen wildfremden
Judenknaben im Haus. Vaterfluch und gerungener
Mutterarm. Mensch! Denken Sie doch an Ihre
Herren Eltern!

— Ein Wälsung wächst mir im Schoß ...
Ein Wä.. Wä.. Wälsung ... wagelaweia ...
Wälsung.

— Schlaf wohl, Tenorio! Hüt mir den
Knaben hold und wache sein!

Die Hausthüre fiel hinter Schulze und Lehmann ins Schloß.

> Wohl zu ruhen wünsch ich Ihnen,
> Wünsche Ihnen wohl zu ruhen!

klangs von unten herauf. Noch ein paar bröh-
nende Schritte. Ein gewaltiger Baßgähner. Eine
Schutzmannsstimme. Doppelreplik in Baß und
Fistel. Stille .... Don Juan Tenorio hörte nichts
mehr als das Schlaflallen seines Verehrers, der,
den Kopf in einer Lache verschütteter Bowle, mit
von sich gestreckten Armen auf der Tischplatte einschlief.

Herr Kammersänger Müller schüttelte den Kopf,
stemmte die Arme in die Seite und gähnte.

— Verfluchte Chose! ...

Er nahm seinen Verehrer in die Arme und
legte ihn aufs Sofa.

— Siegfried, lachender Held! murmelte der,
und ein beglücktes Lächeln blieb um seine Lippen,
indeß er fest einschlief.

Don Juan Tenorio begab sich in sein Schlaf-
zimmer und fand kaum Zeit, sich auszuziehen.
Dann sank er ins Bett und schlief augenblicklich ein.

Er habe von „lauter Synagogen" geträumt,
hat er später erzählt.

Am nächsten Morgen gab es ein böses Er-
wachen.

Morgen ist eigentlich zu wenig gesagt. Es war
Mittag vorüber.

Don Juan Tenorio erwachte mit einem vollkommen dumpfen Kopfe und verwünschte den Begriff der Bowle an sich. Dann versuchte er an
sein Repertoire zu denken, und gleich darauf stilisierte
er eine Unpäßlichkeitserklärung.

Da hörte er aus seinem Zimmer ein stoßweises
Schluchzen, und mit einemmal erinnerte er sich des
Geschehenen. Mit beiden Beinen zugleich war er
aus dem Bette heraus und stürmte, soweit es ihm

das bis auf die Knöchel reichende Nachthemb ge-
stattete, ins Nebenzimmer.

Jammer, was er da sah!

Der kleine Karfunkelstein saß, kalten Schweiß
auf der Stirne, Thränen in den Augen, auf dem
Sofa und preßte beide Hände auf die Schläfen.

— Oh Gott! Oh Gott!

Weiter sagte er nichts.

— Ist Ihnen übel?

— Oh Gott! Oh Gott!

— Warten Sie, gleich wollen wir Kaffee
trinken ..

— Oh, oh, — ach, welche Zeit ist es denn?

— Halb eins!

— Halb ...?

Der arme Bursche riß die Augen entsetzt auf
und lief zur Thüre.

— So können Sie doch nicht fort!

— Ich ... ich ... ich muß ins Geschäft ...
Ach Gott, ach ... ah ... Mein Prinzipal! Meine
Eltern ....

Er sank auf dem nächsten Stuhle nieder.

— Ich ... ich ... nein: ich kann ja nicht
mehr nach Hause ... Ich ... muß ... fort ...
weg ... Mein Vater ... Ach Gott ... ach ...

Der arme Junge weinte wie ein Kind.

Herr Müller vergaß durchaus, daß er einen Judenknaben vor sich hatte, an dessen Schmerz er sich von Rechtswegen hätte weiden sollen, und war sowohl von Mitleid für Isaak wie von rechtschaffener Wut über sich selber ergriffen. Er sagte das Herrn Karfunkelstein auch ganz unumwunden, bat ihn um Verzeihung und tröstete ihn.

Jetzt wollten sie erst mal richtig Kaffee trinken und sich in den Zustand gesitteter Menschen versetzen, dann werde er ihn zu seinen Eltern bringen und, wie sichs gehörte, erklären, daß nur er, der gewissenlose Verführer, an Allem schuld sei. So werde ihm, dem Isaak, nichts geschehen, und ein bißchen Katzenjammer sei schließlich keine Cholera. Also Mut! --:

Siehe der Lenz lacht in den Saal!

Wie Isaak diese Stimme und Weise hörte, ging ein mattes Lächeln über seine im übrigen ganz aus der Struktur gekommenen Züge, und er erklärte sich bereit, Toilette zu machen, Kaffee zu trinken und überhaupt alles zu thun, was der Herr Kammersänger für gut befinden würde.

Es dauerte nicht lange, und Don Juan Tenorio saß mit seinem israelitischen Verehrer am Kaffeetisch.

— Schwarzer Kaffee, viel schwarzer Kaffee, junger Freund, das ist das beste gegen die Dämpfe genossener Bowlen. Diskret ein Kognak sanft hinein wird auch nicht ohne Wirkung sein!

Wie Jung-Isaak aber das Wort Kognak hörte, ergriff ihn ein Schüttelfrost, und er hob beide Hände beschwörend, flehend, abwehrend hoch.

Deshalb ließ der Kammersänger die Kognakflasche nur nach seiner Seite hin in Thätigkeit treten und legte bei seinem Gegenüber das Hauptgewicht auf schnelle und exakte Einnahme von Kaffee.

Diese halb ärztliche Art der Behandlung war zweifellos nötig, denn der unglückliche junge Mann wurde ersichtlich immer grüner im Gesicht und zeigte überhaupt alle Symptome einer schweren Erkrankung. Es war ja nicht blos der Katzenjammer, der allein schon genügt hatte, sechs Isaaks von dieser schwachen Konstitution grün zu färben: es kam noch eine unbeschreibliche Angst vor Vater, Mutter und Prinzipal hinzu.

Don Juan Tenorio, der als Mann von vielen Graden die Attacke des Katzenjammers bereits mit siegfriedhaftem Trutz zurückgewiesen hatte und sich nach dieser kleinen Anstrengung doppelt wohl fühlte,

10

ließ sich während dieses medizinischen Frühstücks
erst mal Bericht über die häuslichen Verhältnisse
Isaaks erstatten. Er erfuhr dabei, daß sein Verehrer einem streng orthodox jüdischen Hause ent-
stammte, denn Karfunkelstein senior gehörte dem
Synagogendienste der Stadt an; er war für die
jüdische Gemeinde das, was man bei den Katho-
liken Meßner, bei den Protestanten Küster heißt.
Wie er sehr fromm war, war er leider auch sehr
streng, und Isaak hatte allerlei Befürchtungen
höchst peinlicher Art; seine einzige Hoffnung, erklärte er, sei Rebekka, die Schwester; diese sei die
einzige, die vielleicht den Zorn des Alten besänftigen
könne; die Mutter werde sich nur einschließen und
immer weinen, immer weinen.

Synagogendiener — Rebekka — die immer
weinende Mamme —, Herrn Müller stieg der
Antisemitismus hoch, und es ward ihm höchst unbehaglich zu Mute bei dem Gedanken an das
Milieu, in das er sich jetzt als Ankläger seiner
selbst begeben sollte.

Er beschloß bei sich selber, diesen Kelch mög-
lichst schnell zu leeren, und beeilte daher den Aufbruch.

Da Isaaks Hut nirgends zu finden war, weil

er ja vergangene Nacht den Weg durchs Fenster
genommen und nun vermutlich einen Bäckerjungen
zum Besitzer hatte, so mußte in der umfangreichen
Hutsammlung des Kammersängers Ersatz gesucht
werden. Man einigte sich, da die steifen Hüte
dem schmalköpfigen Isaak sämtlich bis auf die
Ohren rutschten, auf Tenorios Tiroler-Hütchen,
das nach Einlage mehrerer Bogen Löschpapier ungefähr paßte. Der Gamsbart und die verwegen
nickenden Spielhahnfedern stachen freilich in einem
etwas harten Kontraste von dem übermelancholischen
wüsten Antlitze Isaaks ab, und dieser Hut auf diesem
Kopfe paßte mehr in die Fliegenden Blätter, als
auf die Straße, aber Isaak war in einer Verfassung, daß er selbst im weißlackierten Blech-
zylinder eines Droschkenkutschers in die Öffentlich-
keit getreten wäre, und so verließ man denn das
Haus. Der Kammersänger schmetterte eine Droschke
herbei, und die Angst Isaaks, begleitet von der
schwülen Unbehaglichkeit Müllers, fuhr zur alten
Synagoge.

Je näher sie ihrem Bestimmungsort kamen,
um so bänger wurde Isaak, um so unbehaglicher

10*

befand sich Müller. Als die Droschke in der engen
Straße mit den vielen Tröblern und den zahl-
reichen kleinen jüdischen Buchhandlungen hielt, vor
einem schmalen hohen Hause, das den Eindruck
eines engbrüstigen langen alten Hausierers machte,
der sich nur am Schabbes wäscht, da konnte sich
Isaak durchaus nicht mehr helfen und mauschelte etwas
vor sich hin, das ebensowohl polnisch oder hebräisch
oder eine Mischung aus beiden sein konnte, und
Müller sagte laut und vernehmlich: Hol mich der
Teufel!

Dieser Aufforderung wurde aber keineswegs
Folge geleistet (denn der Teufel ist eine christliche
Institution und nicht in der Judengasse etabliert),
sondern der schöne Bruno, Don Juan Tenorio,
Kammersänger und Inhaber zahlreicher Orden
und Medaillen für Kunst und Wissenschaft, mußte
thatsächlich mit dem zitternden, stöhnenden, völlig
jeder Haltung beraubten Isaak, dem der Schweiß
unter dem höhnisch kecken Tirolerhütchen herunter-
rann, die enge, finstere, schmutzige Treppe in diesem
engbrüstigen Hause hinaufsteigen und oben die
Klingel ziehen.

Grrr ... ring ... ging ... ging ... grrr!
machte diese Klingel, die, wie es sich in diesem

Hause von selbst verstand, schwindsüchtig war und
an einem zweifellos alttestamentarischen Drahte
hing. Kaum hatte dieser Draht ausgerasselt,
öffnet sich aber auch die Thüre, und . . .

Aber das ist der Wendepunkt nicht blos in
dieser Geschichte, sondern auch im Leben Don Juan
Tenorios. Es gebührt sich also, sie mit einem
neuen Hauptsatz einzuleiten —:

Ein junges Mädchen erschien im Thürspalt, stieß
in angenehmster Alt-Lage einen Schrei der Freude
aus, nahm Isaak am Kopfe, daß das Tirolerhütchen
in einem gießbachhaften Bogen zur Erde fiel, drückte
ihn an die Brust, küßte ihn auf die Stirn, nahm
ihn bei der Hand und sagte: Gott Lob und Dank!
Dann erst bemerkte sie den erstaunten Kammersänger, der, seinen Cylinder in der Hand, voll
weltmännischen Anstandes dastand, und trat, ein
bischen erschrocken, einen Schritt ins Dunkel des
Korridors zurück.

Jetzt fühlte Tenorio seinen Augenblick gekommen.
Er sprach: Sie erschrecken mit Recht vor mir,
mein Fräulein, denn ich bin es, der am Ausbleiben
Ihres Bruders und an Ihrer Angst und Sorge
die Schuld trägt. Gestatten Sie es mir, daß ich
vor Ihnen und Ihren Eltern meine ausführliche

Beichte ablege. Pardon, daß ich vergaß: mein
Name ist Bruno Müller, Königlicher Kammersänger.

Der gewandte Heldentenor, der nur einem weib-
lichen Wesen zarteren Alters gegenüberzustehen
brauchte, um sich sofort als Herr der Situation zu
fühlen und zu betragen, brachte dies mit großer
Sicherheit und in einem unnachahmlichen Tonfall vor,
in dem sich vielerlei ausdrückte: Schuldbewußtsein,
Ehrerbietung, Zuversicht vollkommner Verzeihung,
leutselige Herablassung.

Das junge Mädchen gab ein halb schüchternes,
halb erstauntes Ah! von sich und sagte dann mit
einer weichen, wie mütterlichen Stimme ganz ruhig:
Die Eltern sind beide wegen Isaak aus, kommen
aber wohl bald zurück. Wenn Sie ein paar Minuten
warten wollten ... ?

— Ich bin so frei, erklärte der Kammersänger,
dem die Stimme des Mädchens sonderbar wohl-
gefiel, und trat über die Schwelle des Synagogendieners Abraham Karfunkelstein.

Im Korridor sah er von Fräulein Rebekka noch
weniger, als eben vor der Thür, aber nun wurde
er in die gute Stube der Karfunkelsteins geführt,
und da war es hell.

Und da sah er nun inmitten von verblichen grün
mit Plüsch überzogenen Mahagonimöbeln, daß
Rebekka sehr schön war, in einer Art schön, wie er
sich nicht erinnerte, jemals ein Mädchen gesehen zu
haben. Geblendet war er nicht, — wer hätte den
schönen Bruno blenden können! Es war mehr,
— er fühlte sich in einer wunderlich tiefen Weise
gerührt. Der Don Juan fiel von ihm ab, wie
ein Rollenkostüm. Ihm wurde ganz weich ums
Herz. In diesen Augen, die ihn so groß und
fragend anschauten, lag ein so reiner Seelenfrieden,
eine so stille tiefe Güte, daß er sich ganz verrucht·
vorkam. Alles an diesem Antlitz: die klare hohe
Stirn, die edelgerade Nase, die etwas vollen, aber
doch strengen Lippen, das schöne Oval der ganzen
Kopfbildung, alles hatte einen großen und doch
·herzlichen Zug.

— Madonna! dachte er bei sich und war ganz
verblüfft darüber, daß ihm dieser Begriff ange=
sichts einer Jüdin kommen konnte, aber gleich
darauf hätte er sich an seine Stirn schlagen
mögen: Natürlich, warum denn nicht, ... man
muß den Antisemitismus wahrhaftig nicht bis
zur Umkehrung geschichtlicher Thatsachen treiben
wollen ....

Den Antisemitismus . . .

Don Juan Tenorio schämte sich und wurde noch verwirrter.

Nein, was dieses Mädchen schön war! Und wenn sie nun gar sprach . . . Heiliger Himmel, was für Seligkeiten aus dem Tone einer Mädchen-stimme strömen können! Und da wagt man es noch, sich auf die Bühne zu stellen, den Mund bis zu den Grenzen der Möglichkeit aufzureißen und die Gallerieen anzubrüllen! Da, da, das war Ge-sang, Seele, Schönheit, höchstes Glück für Ohr und Herz. Hol der Teufel die Kunst!

Bei einem solchen Durcheinanderstrudeln von Gefühlen ist es nicht wohl möglich, viel zu reden. Kein Gedanke daran, daß der gewandte Bruno hier in diesem Zimmer, vor dieser stillen Schön-heit so schöne Sätze zutageförbern konnte wie draußen vor der Thüre. Er benahm sich nicht viel gewandter als gestern Isaak bei seinem Debüt. Ja bei Gott, er fühlte sich wie ein kleiner Gym-nasiast, wie ein in Begeisterung bellommener Handlungslehrling, und dennoch: er fühlte sich wohl.

Noch wohler wäre ihm freilich gewesen, wenn er gar nichts hätte zu sagen brauchen, wenn er

diese Augen, dieses Oval, dieses ganze Madonnen-
wesen nur still hätte anstaunen dürfen, wie man
in der Kirche ein schönes Altarbild betrachtet, andächtig, ohne Wunsch, in schweigendem Genuß
seltener Augenblicke reinster Hingebung. Aber
er mußte leider doch auch etwas sagen, und wenns
auch nicht viel war.

Er beschränkte sich in der Hauptsache darauf,
den allmählich ruhiger werdenden Isaak auf Kosten
seiner eigenen moralischen Qualitäten gewaltig
herauszustreichen und unabläßig Verzeihung für sich
zu erbitten.

Fräulein Rebekka nahm das alles mit einem
reizenden Zuge von Ungläubigkeit entgegen und
versicherte immer wieder, es sei ja nun alles gut,
und bei den Eltern werde sie schon dafür sorgen,
daß dem Nachtschwärmer nichts übles geschehe.
Wenn sie nur bald kommen wollten, die Eltern ...
Aber es verging eine viertel Stunde, und eine halbe
Stunde verging, aber die Eltern kamen nicht. So
mußte denn der Kammersänger wohl oder übel
Urlaub nehmen und sich verabschieden, aber er ver-
fehlte nicht, sehr fest zu erklären, daß er auch den
Eltern persönlich seine Beichte noch ablegen und
also wiederkommen werde.

Er wurde aufs freundlichste dazu eingeladen.

Mit einer Verbeugung, die tief unter dem Niveau der sonst von ihm exekutierten stand, verabschiedete sich der Verführer Isaaks. Als er die Hand Fräulein Rebekkas in der seinen hielt, war ihm schier schwindlig zu mute. Und als er wieder unten vor der Hausthüre stand, da war ihm, als habe sich in sein ganzes bisheriges Leben eine Art Lichtspalt eingeschoben: Alles, was zu dieser merkwürdigen halben Stunde gehörte, erschien ihm in einem eigenen matten Glanze; selbst dieses enge, ungemütliche Haus, das er noch vor kurzem nur mit einem deutlichen Ekelgefühl und unter Anrufung des Teufels als Nothelfer betreten hatte, kam ihm jetzt wie verklärt vor; der alte Hausierer hatte eine Gloriole ums Löckchenhaupt gekriegt.

Tief den Cylinder in die Stirne gedrückt und diese Stirne sinnend zur Erde geneigt, wandelte der aus dem Geleise geratene Tenorio langsam den Bürgersteig dieser Straße entlang, die er sonst nur mit den eiligsten Schritten des Abscheus durchmessen haben würde. Zu wiederholten Malen drang zutrauliches Flüstern an sein Ohr: „Keine

alten Kleider zu verkaufen? Höchste Preise . . .!"
Er ließ es sich-milde gefallen und schimpfte nicht im
Mindesten. Ja, er blieb sogar vor den Tröbler-
läden stehen und betrachtete die ausgebreiteten alten
Uhren, Löffel, Teller, Tassen, Hosen, Uniformröcke,
Säbel, Flinten, Kupferstiche, Spazierstöcke, Finger-
ringe, Schachteln, — mit leerem Blicke zwar, aber
sonst äußerlich ganz mit dem Aussehen eines Mannes,
der sich leidenschaftlich für altes Gerümpel inter-
essiert. In Wahrheit sah er nichts von alledem;
er hätte genau so leer in einen Senftopf oder auf
eine Bildsäule von Praxiteles gestarrt.

Mit einem Worte: er war wie betäubt. Es
war etwas in ihm vorgegangen, das ihn aus allem
inneren Zusammenhalt gebracht hatte, eine Um-
krempelung in der Herzgegend, eine vollkommene
Neumöblierung seines seelischen Interieurs. So
was strengt an, zehrt; man gewöhnt sich nicht so
schnell an eine neue inwendige Einrichtung, zumal,
wenn sie so plötzlich an die Stelle der alten getreten ist und so ganz anders aussieht, als diese.

Auch wird man leicht idiotisch, wenn man unter
dem Einfluß von Zwangsvorstellungen steht und
unablässig gewisse Worte, wenn auch nicht mit den
Lippen, so doch mit den stummen Sprachwert-

zeugen des Herzens, wiederholt. Und der umge-
trempelte Kammersänger stand unter dem Einflusse
von Zwangsvorstellungen und wiederholte unablässig ein gewisses Wort. Die Zwangsvorstellungen:
zwei wundertiefe Augen in einem schwermütig
schönen Gesicht; das Wort: Rebekka.

Und nun vergesse man, bitte, nicht: Müller war
Antisemit. Was denken Sie wohl, was es für eine
antisemitische Seele bedeutet, wenn sie unablässig
wiederholen muß:

Rebekka! Rebekka!! Rebekka!!!

Das muß zu einer Katastrophe führen. Auf
die dumpfe Betäubung muß ein Sturm folgen, das
blöde Hindämmern muß von einem wütenden Rasen
abgelöst werden.

So geschah's.

Der Kammersänger hatte die Trödelläden ab-
solviert und war in seinem brütenden Einherschieben
vor einen Buchhändlerladen gelangt. Mit dem
stieren Blicke seiner Benommenheit sah er über die
Bücher und Bilder hin, die da aufgestellt und auf-
gehängt waren. „Die antisemitische Pest", „Die
Schmach des Jahrhunderts", „Die Prediger des
Hasses", „Die antisemitischen Giftlöcke", — er las
das mit den Augen und fühlte nichts dabei. So

auch sah er blos mit den Augen die Porträts un=
zähliger Rabbiner und alter jüdischer Berühmtheiten,
Männer mit langen Bärten und Schläfenlöckchen,
runde Käppchen auf dem Kopfe. Dann gold=
umrahmte Spruchtafeln in hebräischen Lettern,
Seidendamasttücher mit eingestickten Zügen in den=
selben Charakteren, Gipsbüsten, Gebetriemen. Nichts
von alledem drang in das innere kammersängerliche
Bewußtsein. Da fiel sein Blick auf ein Bild mit
der Unterschrift: Isaak führt Rebekka in das Haus
seiner Mutter Sarah, — oder so ähnlich, und wie
er die ausgebreiteten Arme dieses Isaak sah, der
als schöner Jude abgebildet war und in der That
eine überaus orientalische Figur machte, da stieg
ihm plötzlich das Blut zu Kopfe, und mit einem
Gefühl, halb Wuth, halb Ekel, rannte er davon.

In einem Zustande ingrimmigster Verzweiflung
langte er zu Hause an, warf den Cylinder auf
den Tisch, sich selbst aufs Sopha und stöhnte ge=
waltig.

Das schöne Bild Rebekkas war verschwunden,
er sah nur den geölten Isaak von jenem infamen
Stahlstiche. Alles, was er an Wut gegen die
Juden im Herzen hatte, aller Haß, Spott, Ingrimm
des Antisemiten stieg ihm hoch. Ein albernes Tingel=

tangellied, das er vor Jahren als Student einmal
von einem parodistischen Judendarsteller gehört hatte,
drängte sich ihm unvertreibbar als Begleitung zu
diesem Bilde auf, und er mußte mauschelnd un-
zählige Male wiederholen:

Komm' se rain, komm' se rain,
Komm' se rain in be gute Stube!

Dazwischen wälzte er sich ruckweise auf dem mit
gestickten Kissen seiner Verehrerinnen dicht belegten
Divan hin und her und lachte wild auf.

Zu denken, daß er, er sich beinahe in ein
Judenmädchen, ein Schickselchen verliebt hätte,
hohohohoho! Sie vielleicht gar geheira ...
hohohohohohoho! Isaak führt Rebekka in das
Haus seiner Mutter Sarah ...

Komm' se rain, komm' se rain,
Komm' se rain in be gute Stube.

Oh! Oh! Oh! Und dann, wenn sie Kinder
gekriegt hätten ... hohohohohohoho! Lauter kleine
Mauschelmüllers mit krummen Beinen, Platt-
füßen, Triefaugen, immer wieder nachwachsenden
Stirnlöckchen. Hohohohohohoho! Tatteleben würden
sie gesagt haben, Tatteleben zu ihm! Ha!!!

Der Kammersänger sprang mit einem wilden
Satze auf, preßte sich die Fäuste auf die Schläfe

und durchmaß das Zimmer mit den Schritten eines Wüterichs auf der Bühne.

Die Post wurde gebracht. Drei Rosa-Briefe darunter. Er schmiß sie an die Wand.

Der Repertoirezettel kam. Er machte eine Papierkugel daraus und schleuderte sie unter den Divan.

Die Wirtin wollte eine Bestellung ausrichten. Er spießte sie mit seinen Blicken ans Bücherbrett und blies ihr ein so entsetzliches Hinaus! ins Gesicht, daß sie sich mit einem Kreischen von den Blicknägeln wieder losriß und wimmernd davonfloh.

Diese Stimmanstrengung hatte ihm etwas Luft gemacht, daher beschloß er, ein bißchen Stimmgymnastik zu treiben und erfüllte sein Zimmer mit ungeheuerlichen Reihen rasend gerollter Tonleitern, sodaß sich in der ganzen Umgebung die Fenster mit erschrockenen Gesichtern und geschüttelten Köpfen bevölkerten. Aber ihm thats wohl, seinen Kummer in sinnlosen Lauten hinauszubrüllen, und nie war er dem Geschicke, das ihn mit einer Riesenstimme begabt hatte, so dankbar wie in dieser Viertelstunde, als er von ihr einen so martialischen und rohen Gebrauch machte.

Als er genügend erschöpft war, rannte er aus dem Hause zu seinem Kapellmeister, erklärte ihm,

daß er geisteskrank sei und mindestens zwei Monate
lang nicht auftreten könnte. Dann, als der Maëstro
ihn mit einigen boshaften Bemerkungen, die indeß
wirkungslos abprallten, entlassen hatte, ging er in
eine Weinstube und betrank sich. Ganz allein.
Grimmig. Aber vollständig.

Es ist eine bekannte und täglich aufs neue er-
probte Thatsache, daß wir im Wein das Kraut zu
verehren haben, das gegen den Schmerz gewachsen
ist. Indessen: es hilft nur solange, wie der Rausch
währt. Wacht man am nächsten Morgen auf, sitzt
Meister Schmerz schon wieder auf dem Bettraube
und grinst: Dummer Kerl, so billig gehts nicht.

So geschah es auch dem armen Müller. Nur,
daß der Schmerz, der gestern in seinem Herzen ge-
wütet hatte, wie in einem hohlen Zahn, jetzt als
Wehmut auftrat, als die bekannte windelweiche
Wehmut, die aus dem Menschen einen feuchten
Lappen macht, der immer wieder aufs neue aus-
gewunden sein will.

Nichts bringt den Menschen so herunter. Wehmut ist die gefährlichste Ausschweifung der Seele.
Und wenn es gar Wehmut aus verstockter Liebe

ist, dann wird alle Mannheit gehaltlos wie wässriges Fischfleisch.

Blut, wo ist dein Feuer, Lachen, wo ist dein Sieg?

Bohrt dem Mann einen Ring durch die Nase und führt ihn zu den Kühen auf die Weide!

Ein Zustand tritt ein, wo der beste Kognak versagt wie ein nasses Zündhütchen.

Die Seele wimmert und weiß nicht warum. Das Gehirn hat sich in einen Schwamm verwandelt, mit dem man wohl eine Wandtafel abwischen könnte, aber unter keinen Umständen einen Gedanken fassen kann. Irgendwo, inwendig, dort, wo sonst der Kern vom Wesen sitzt, das sich Ich nennt, geht ein Drillbohrer maschinenmäßig auf und ab.

Dies der Zustand des Herrn Kammersänger Müller in den folgenden Tagen.

Der Theaterarzt befühlte den Puls, besah die Zunge, schüttelte den Kopf und schrieb ein Attest.

Auf dem Theaterzettel erschien der Vermerk: Unpäßlich Herr Kammersänger Müller.

Die Zeitungen verfehlten nicht, den Patienten der allgemeinen Teilnahme zu versichern und die Hoffnung auszusprechen, daß der begnadete Künstler bald seine volle Frische wieder gewinnen möge.

11

Sämmtliche Verehrerinnen schickten in Vers und
Prosa die rührendsten Wünsche.

Müller lag und litt. Der Drillbohrer ging
rastlos auf und ab.

Aber am Morgen des dritten dieser gräßlichen
Tage erwachte der gequälte Tenor mit einem Lächeln
und — pfiff.

Er hatte so einen angenehmen Traum gehabt.

Wie war es doch gewesen? Richtig! —: Er
war in einem Krankenhaus gelegen, wo er eine
schwere Operation überstanden hatte. Eine große,
sorgsam verbundene Wunde auf der Brust. Hatten
sie ihm das Herz herausgenommen? Gleichviel:
er fühlte sich so leicht, so neu. Und neben ihm
am Bette saß eine wunderschöne Krankenschwester,
ein großes silbernes Kreuz um den Hals, und
hatte ihre rechte Hand auf seiner Stirne. Sie
sprach kein Wort, sah ihn nur an. Und es war
ihm unbeschreiblich wohl zu Sinne.

Soll man nicht lächeln und pfeifen, wenn man
so was geträumt hat?

Aber Tenorio ward noch vergnügter, als er sich
den Traum auch ausgelegt hatte:

Also natürlich erst mal: die Krankheit geht vorüber; und dann: Rebekka.

Wie?..?..

Freilich!!

Tenorio hatte es ja geträumt, und solche
Träume kommen nicht aus dem Bauche.

Er sagte sich: Kaum, daß ich das Mädchen
wiedergesehen habe, und wenn auch nur im Traume,
wird mir wohl, und ich pfeife. Folgerung: Ich
muß das Mädchen so oft als irgend möglich sehen.
Unerforschliche, dunkle Kräfte, geheimnisvolle Schick-
salsmächte haben mich nächtlicher Weile mit der
Nase darauf gestoßen: Thu ihn ab von Dir, den
Antisemitismus, wenigstens im Falle Rebekka, und
suche Dein Heil bei diesem liebenswürdigen und
schönen Wesen!

Und übrigens: Mußt du dem Antisemitismus
wirklich untreu werden? Mit nichten! Sahst
du nicht das Kreuz an ihrem Halse? Das
Mädchen muß sich einfach taufen lassen. Wie simpel!
Amor vincit omnia. Liebe bricht Religion, wie
Kauf Miethe.

Liebe ..?.. Aber wieso denn ..?.. Erstens:
ich ... Nun ja ... es scheint wohl so ... (der

11*

Rekonvaleszent pfiff eine schelmische Weise) ...
Aber dann —: sie ..?.. Ist es erlaubt, an-
zunehmen, daß ....? ... Könnte sie nicht schließ-
lich .... (der Kammersänger erbleichte, ehe er den
Gedanken fertig dachte) ... schon irgend einen
Isaak ..?... (Tenorio fuhr sich in die Haare und
senkte das Haupt) ... Klarheit! Klarheit! Schnelle
Gewißheit! Ich gehe zu Grunde, wenn ich nicht
bald erfahre, ob dieser Traum mich geäfft oder mit
Wahrheit erleuchtet hat!

Priesterlich in seinem langhinwallenden Nacht-
hemde entstieg der Kammersänger dem Schauplatz
des schicksalbeeinflussenden Traumes, feierlich wusch
und rasierte er sich, ernstbedächtig kleidete er sich
in bedeutungsvolles Schwarz. Milde Schokolade,
schaumig bekrönt von lilienweißer Schlagsahne,
wurde zur Stärkung des Leibes erkoren, kein bru-
taler Kognak entweihte die Andacht dieses seltenen
Frühstücks.

Ruhig, ernst, friedlich und ein bischen schwach
machte sich der traumverklärte Kammersänger auf
den Weg, — kein Konfirmand kann andächtiger zur
ersten Kommunion schreiten. Das Kreuz am Halse
leuchtete ihm voran. Er überlegte sich schon,
welchen christlichen Namen Rebekka annehmen sollte,

wenn ... nun ja! Er entschied sich schließlich für
Elisabeth.

Liebe sieht Alles auf Goldgrund. Das ist ein
optischer Fehler, aber dem Herzen ein Wohlgefallen.
Der Realismus kommt in der Ehe, und da ist es
dann Sache des Glücks, ob der Goldgrund sich in
eine liebe, stille, gesegnete Landschaft auflöst oder
in das gewisse Grau, das alle Farbe und Heiterkeit
verhängt.

Aber bei der Ehe sind wir noch nicht. Fürs
erste schwelgte der Kammersänger noch in allen
Goldgründen der Liebe und sah seine holde Rebekka-
Elisabeth als so eine süße, schöne Madonna der
Florenzer Primitiven.

Der biedere Vater Synagogendiener figurierte
daneben als würdevoll flankierender Santo so und
so, und die unendlich schüchterne Mama Sarah
durfte als Mutter Anna den Hintergrund aus-
füllen. Jung-Isaak irgendwo in der Ecke als
lautenschlagender Angelino.

So sah sich für ihn alles recht trefflich an, zumal, da es ihm sehr schnell klar wurde, daß kein
Bräutigam Isaak vorhanden war und die Blicke

des schönen Mädchens mit dem unsichtbaren Kreuz
um den Hals nicht ohne den gewissen Ausdruck zu
ihm flogen, den Verliebte wohl auszulegen wissen.
Auch deutete sich Tenorio den Abschiedshändedruck
bereits als stilles Bekenntnis erwiderter Neigung,
und kurzum, er ging recht zuversichtlich von dannen,
obwohl eigentlich nicht das Mindeste vorgefallen
war, das ihn berechtigt hätte, irgend welche Hoff-
nungen zu schöpfen. Denn, daß Karfunkelstein
senior sich bereit erklärt hatte, ab und zu Frei-
billets für die Oper entgegenzunehmen, bedeutete
doch eigentlich noch keinen Chelonsens und die
Einwilligung zum Übertritt Rebekkas in die christliche Kirche.

Indessen: die Brücke war geschlagen, und wenn
sie auch nur aus dem Papier der Freikarten war,
sie würde schon halten, dachte sich der zuversicht-
liche Kammersänger, der ja schließlich auch einige
Erfahrungen in der Ausnutzung derartiger Kom-
munikationsmittel der Liebe hatte.

Nun lagen die Dinge hier allerdings anders
als sonst, wo die guten verliebten Kinder auch
ohne Brücke zu ihm kamen, aber dafür entwickelte
er diesmal eine um so lebhaftere Thätigkeit.

Nicht allein, daß er es sich nicht nehmen ließ,

so oft, als es nur angängig war, in der Stube
mit den grünen Plüschmöbeln zu erscheinen und sich
mit dem lebhaftesten Interesse darnach zu erkundigen,
welchen Eindruck Mutter Sarah in der letzten
Tannhäuseraufführung etwa empfangen hatte, oder
ob sich Vater Abraham nun endlich von der An-
sicht emanzipiert habe, die Wagnersche Musik bestehe
ausschließlich aus Dissonanzen, nein, er entdeckte auch
an Rebekka ein so fabelhaftes musikalisches Verständnis und eine derartig phänomenale Altstimme,
daß er ohne Übertreibung behaupten zu müssen
erklärte, sie habe eine Goldgrube in der Kehle.

Diese Goldgrube konnte nicht ohne Eindruck
auf das Karfunkelsteinsche Ehepaar bleiben. Denn
wenn die beiden alten Leutchen auch keineswegs
das Ansehen von geldgierigen Hebräern hatten und
mehr zu den stillzufriedenen sinnierenden Juden
gehörten, denen eine erzvaterhafte Frömmigkeit die
mangelnden Reichtümer dieser Welt ersetzt, so
hätten sie es doch für sündhaft gehalten, ihrem
Kinde die Möglichkeit der Ausnützung eines ihm
innewohnenden Vermögens zu nehmen. Sie waren
es also gerne einverstanden, daß Tenorio den
Rebekkaschen Alt in häufigen Unterrichtsstunden
ausbildete und übrigens auch sonst für Steigerung

ihres mufikalifchen Intereffes und Verftäubniffes
nach allen Kräften thätig war. Häufige Konzert-
befuche, natürlich unter Begleitung eines Familien-
mitgliedes, waren ein Hauptmittel zu diefem —
und einem anderen Zwecke. Zumal, wenn das
begleitende Familienmitglied die Geftalt Jfaals
hatte, unterbrückte der andere Zweck den einen
fichtlich.

Ob Jfaal etwas davon merkte, bleibe bahin-
geftellt, aber über allem Zweifel erhaben ift die
Thatfache, daß Rebekka durchaus im Bilde war.
Und zwar mit Wohlgefallen.

Machen wir es kurz: Noch ehe die Stimme
des fchönen Mädchens merklich an Umfang gewonnen, noch ehe ihr mufikalifches Verftändnis den
Grad erreicht hatte, dem Tenorio mit heißem Bemühen zuftrebte, war fie ebenfo grenzenlos in
ihren — Lehrer verliebt, wie der Lehrer in feine
— Schülerin.

Fromme Jübinnen find fehr zurückhaltend, und
ihre Sittfamkeit ift außerordentlich, aber fchließlich
hat jedes Ding feine Grenze, und ein Rendezvous
in Ehren kann niemand verwehren. So begannen

denn Rebekka und Bruno sich auch heimlich zu
treffen.

Diese heimlichen Stellbicheins waren aber durchaus anderer Art, als sie der Sänger mit dem be-
denklichen Spitznamen sonst gewöhnt war. Früher
hätte er derlei einfach lächerlich gefunden, diesmal
fand er es über alle Begriffe schön und herrlich.
Auch war es sehr ernst. Denn mehr und mehr
hatten diese heimlichen Begegnungen nur ein Thema:
Das Kreuz am Halse.

Ach, so einfach, wie es sich Bruno gedacht
hatte, war die Sache nicht. Zwar, der Hals war
da (und was für ein schöner Hals), und Kreuze
gab es so viele, wie Pastoren, die es ihm um-
gehängt hätten, — aber der Hals wollte nicht.
An dem Hals hing schon eine Kette, und die hatte
der Vater Abraham in der Hand, der sie eher zu-
geschnürt hätte, als zu dulden, daß ein Kreuz daran
befestigt würde. Und Rebekka hing dem Vater
mit der ganzen Kindesliebe an, die nirgends so fest
und unbeirrbar ist, wie unter Juden.

Bruno beschwor, flehte, wetterte, — aber Rebekka schüttelte nur immer traurig den Kopf, und
wenn sie dann zu weinen begann, hörte Bruno
auf zu beschwören, zu flehen und zu wettern.

Also gut: Auch ohne Kreuz am Halse!

Bruno wußte schon lange nicht mehr, was Antisemitismus ist, und erklärte mit Seelengröße, daß er auf diesen Halsschmuck verzichte. Aber heiraten wollte er, heiraten! Er hatte keine Lust, noch länger zu warten und heimliche Liebe zu üben, als welche, wie er erklärte, erwachsener Menschen unwürdig und absolut unzeitgemäß sei. Auf, zu Vater Abraham!

Rebekka drückte ihm heiß die Hand, sah ihn aber zugleich traurig an, so ganz aus der Tiefe traurig, daß er es nicht begreifen konnte, warum.

Er fragte sie danach.

Aber sie sagte nur: Geh! Und drückte ihm wieder heiß die Hand.

Schwer ist's, einen Herrn zu besuchen, den man anborgen will, selbst dann, wenn man ziemlich sicher weiß, daß er den Kassenschrank aufmachen wird; schwerer ists, zu einem Herrn zu gehen, den man um die Hand seiner Tochter bitten will, selbst wenn man ein berühmter Tenor mit 40,000 Mark Jahreseinkommen und seiner Sache sicher ist. Man mag noch so gewandt im Setzen guter Worte sein:

wenn man kein Handlungsreisender ist, der über=
haupt keine Schwierigkeiten kennt, wird man nur
mit Zagen die Klingel ziehen, nicht anders als wie
beim Zahnarzte, wo man auch denkt: Wenn ich
nur schon wieder draußen wäre.

Bruno, der Kammersänger, der erklärte Liebling
der Stadt (mit Ausnahme der andern Tenöre),
Ritter zahlreicher Orden und Inhaber aller
existierenden Medaillen für Kunst und Wissenschaft,
Lehrer und Geliebter Rebekkas, schön, hochgewachsen,
gesund, kräftig, vermögend, akademisch gebildet,
unbestraft, Sekondeleutenant der Reserve und
tadellos angezogen — fühlte sich wie ein Schul-
bube, der dem Herrn Lehrer ein Strafexercitium
überreichen soll, als er vor der Schwelle eines
armen alten Juden und Synagogendieners stand,
mit der Absicht, ihn um seine Tochter zu bitten.

Wie?! Kam er denn eigentlich als Bittender?
Kam er nicht vielmehr als Gebender? Warf er
nicht Glanz über diese Hütte? Mußte man nicht
einfach die Arme öffnen und stammeln: Ja! Ja!
Ja! . . .? Natürlich! Weg mit dieser blöden
Bangigkeit! Brust heraus! Kopf hoch! Ein paar
lachende Worte, und Alles ist gethan!

Grrrr . . . ring . . . ging . . . ging . . . grrr!

Diese infame Klingel!

Aber drin, im dunklen Gange, der heiße Händedruck und ein schneller, noch heißerer Kuß.

     Nun vergiß leises Flehn,
      Süßes Wimmern!

In ein paar Minuten ... hoiolohoh!

. . . .

. . . .

. . . .

. . . .

Wer stürzt da ohne Hut zum Hause heraus!?? Wer rennt da über die Gasse? Um Gotteswillen, wer schwenkt da so die Arme und ruft, wie ein zu Tode Getroffner: Droschke! Droschke!

Spuk und Gespenster! —: der Kammersänger Müller fegt an den Trödlerbuben vorüber, jagt über die Börsenbrücke, fällt eine Droschke an, reißt den Wagenschlag auf und verschwindet in dem grün angestrichenen Räberkasten.

~~~~

— Kalte Umschläge ...! Eisbeutel! ... Brausepulver ...! Kognak ...! Schwarzen Kaffee ...! Morphium ...! Morphium ...! Machen Sie, daß Sie hinauskommen ...! Schicken Sie nach dem

Theaterarzt ...! Nein! ... Bestellen Sie eine
Droschke! ... Schreiben Sie dem Intendanten,
daß ich nach Amerika gereist bin ...! Wo ist
mein Handkoffer!.... Ah ...! Ah ...! Ah!...

Die Wirtin kriegte es mit der Angst und lief
zum Doktor.

Der Doktor kam und wurde nicht eingelassen.

Tenorio saß an seinem Schreibtische und zerriß
einen Briefbogen nach dem andern. Auf jedem
stand nur: Rebekka!

Da er das ebenso gut rufen wie schreiben
konnte, so rief er es dann eine Weile.

Aber schließlich schrieb er weder, noch rief er,
sondern saß wie leblos, den Kopf zwischen die
Hände gepreßt, vor seinem Flügel und starrte den
Namen Blüthner an.

— Also das! Das! Nur ein Jude darf in
die Familie Karfunkelstein eintreten! Ist es nicht
zum Lachen? Wie? Zum Kreischen?

Tenorio haute mit beiden Fäusten auf die
Tasten, daß der Flügel wie ein gepeinigtes Tier
aufbrüllte.

— Ah, und da wundert sich diese Bande, daß
der Antisemitismus wächst!

Knallend flog der Flügeldeckel zu.

— Abgelehnt! Einfach abgelehnt! Ich! Wie
wenn ich aus der Gosse wäre! Es ist ... es ist ...
heiter!

Jetzt hätte er am liebsten dem Flügel einen
Tritt gegeben.

Da klingelte es.

Hin- und Wiberreden im Flur.

— Ist das nicht ...?

Der Kammersänger war mit einem Satze an
der Thüre, riß den Schlüssel herum und die
Flügel auf.

Rebekka!

Mit einem Male war ihm anders.

Sie ging auf ihn zu, faßte seine beiden Hände
und sah ihn thränenden Auges an.

Dann warf sie sich ihm an die Brust und
schluchzte in höchster Qual.

Da war sein Wüten hin.

Er küßte ihr die Stirne, den Mund, die Hände,
und wie sie auf einen Stuhl gesunken war, ließ
er sich vor ihr nieder und weinte in ihren Schoß.

Es wurde nichts gesprochen außer dem einen
Satz von ihm: Und du ... kannst nicht?

Sie schüttelte den Kopf und sah ihn
flehend an.

Da stand er auf, zog sie zu sich heran und küßte sie lange.

Nie hatte er seine Liebe zu dem schönen Mädchen so über Alles mächtig gefühlt, wie jetzt, wo ihr Gesicht verweint und wie verwischt war. Denn nie hatte die grundgütige Liebe und Tiefe ihrer Seele so aus ihren Augen geleuchtet wie in diesem Augenblicke, als der tiefe Schmerz ihrer Hilflosigkeit in ihnen war.

Sie gingen zusammen fort, wieder zu Vater Abraham.

Es ist klar, daß dieser Gang nicht blos dem vergessenen Chlinder galt.

Er galt ..., aber das ist eine heikle Geschichte,. zumal, da sie einen so zornigen Antisemiten zur Hauptperson hat, wie Herr Kammersänger Müller einer gewesen ist.

Angedeutet ist auch verraten: Herr Müller nahm einen längeren Urlaub und brachte diesen — in der Provinz Posen zu.

Kurz nach seiner Rückkehr, mit Personal= papieren, in denen eine kleine Änderung vor=

genommen worden war, heiratete er Fräulein Rebekka Karfunkelstein.

Die Sache ist ja blos äußerlich.

Die Hauptsache ist, daß das kammersängerliche Ehepaar Müller zu den glücklichsten Ehepaaren zählt, die auf dieser Erde gefunden werden.

Was für eine entzückende Frau die Frau Kammersänger Müller ist! Selbst der Bassist und der Privatgelehrte schwärmen für sie.

Und welch ein Ehegatte ist Müller!

Freilich, wenn der Goldgrund der Liebe so zur ehelichen Ideallandschaft wird, in der so reizende Buben und Mädels herumspringen, wie hier, dann müßte einer ja ein Monstrum sein, wenn er kein idealer Ehegatte wäre.

Antisemit ist Müller übrigens doch noch manchmal.

Emil der Verstiegene

Emil der Verfliegene

Aus dem Tagebuche eines blümeranten Dichters.

Zißebüttel im Mai 1897.

Einst besang ich den Mai, jetzt geht er mir auf die Nerven. Der Frühling ist die Jahreszeit der Banalen, derer, die sich auf ihren Saft etwas zu gute thun, weil sie keiner verfeinerten Gefühle fähig sind.

Diese Leute besingen auch noch die Liebe. Sie ahnen nicht, welche Rohheit sie damit offenbaren, und wenn sie auch noch so idealistisch thun. Ebensogut könnte man einen Rinderbraten besingen. Es ist unsäglich gemein.

Dichten und an ein Mädchen denken! Ein Mädchen, das, wenn es heiß ist, schwitzt; ein Mädchen, das vielleicht Kartoffelklöße als Lieblingsspeise hat; ein Mädchen, das vielleicht eben das Kochen lernt und nach der Küche riecht! Welch ein Mangel an Sensitivität, oder welch ein Symptom von niederen Instinkten!

12*

Der wahre Dichter, das fühle ich mehr und mehr, muß mit geschlossenen Augen durch dieses Leben gehn, und wenn er dichtet, muß er überhaupt abwesend sein.

Hier dichte ich nie. Hier bin ich der Sohn des Seifenfabrikanten Meyer und muß meine Seele martern lassen.

Es gab heute eine häßliche Szene mit meinem Vater. Ich soll ins Geschäft eintreten oder mein Referendarsexamen machen. Das eine ist so ausgeschlossen, wie das andere. Ich bin zu differenziert für einen bürgerlichen Beruf. Träumen ist mein Teil, träumen und dichten.

Ich werde mit meinem mütterlichen Erbteil auf Reisen gehn.

München im Juni 1897.

Diese Stadt thut meinen Nerven weh. Die Straßen sind so weiß, die Menschen so dick, die Kunst so laut.

Ich sehne mich nach der Provence ... oder nach Griechenland ... oder nach dem grünen Eise dort oben ... im Norden ... sehr weit ...

Nur Nachts, im Englischen Garten, wacht meine Seele auf.

Oh du Tempel Monopteros! Oh du Mond auf der Wiese! Oh ihr sehr schwarzen Bäume, wenns dunkel ist . . .

Oh! . . . . . oh! . . . . . oh . . . .

Meine Seele lallt sehr bange . . .

Ich trage meinen überaus weichen Hut in der Hand und warte, gestützt auf meinen Stock aus süblichem Bambus, auf jenes Rauschen aus der Tiefe, das sehr dunkel ist, wie die Baumwipfel in dieser Nacht der heimlichen Sehnsüchte.

Ich warte . . . sehr lange . . .

Pfui! Zwei Menschen, an einander klebend wie dicke, brünstige Raupen, kreuzen meine einsame Warte.

Im Innersten beleidigt, beschmutzt, gestoßen wanke ich an meinem bambusischen Stabe heim.

Wenn ich nicht so müde wäre, führe ich davon. Aber ich bin sehr müde.

Denn meine Augen müssen hier Bilder sehen, die nichts als noch einmal Leben sein wollen. Diese Maler haben den Wahnsinn der schamlosen Farbe.

Wo ist das silberige Grau meiner Seele, das
sehr dünn ist?

Wo ist die ovale, zuckende Spirallinie meiner
Sehnsucht, die immer zittert?

Auch bei den Alten finde ich nichts, als ein
plumpes Vergnügen am Leben.

Ich träume eine Madonna mit sehr grünen,
sehr langen, sehr traurigen Händen. Über ihrem
Antlitz ist ein sehr grauer Schleier. In qual-
voller Schräge fallen die innigen Fäden eines selt-
samen Regens.

Oft sitze ich in der einsamen Konditorei und
trinke tröstliche Mandelmilch. Geheimnisvoll huscht
die seltsame Kellnerin. Das überaus keusche Weiß
der Schlagsahne leuchtet bange. Irgendwoher
schwillt der zärtliche Duft der träumerischen Vanille.

Jetzt ... ich fühle es ... jetzt greift ein Reim
mit feuchtwarmen Kinderfingern an mein wartendes
Herz ... Oh du feuchter, oh du warmer, oh du
überaus gütlicher Finger sehr banger Kindheit!..

Da schmettert eine höhnische Trompetenstimme:
Einen Kognak!

Und der zage Kinderfinger verschwindet...

Öde ringsum... die freche Sonne grinst auf dem gewölbten kahlen Schädel des feisten Mannes hinter dem ekelhaft beladenen Labentisch.

Ich bin verstoßen, vertrieben; ich zahle und gehe gebrochen heim.

Heute hatte ich einen reichen Tag: ich fand sechs reine Molosser. Einst, ich fühle es, werde ich sie zu einer Ekloge fügen.

Wenn ich mich frage: welches Glück warf mir diese überschwängliche Gnade in den gläubig harrenden Schoß, so weiß ich keine andere Antwort, als diese: ich habe einen Likör getrunken, der so voll inniger Süße, so ätherisch fein und doch gefüllt mit einer geheimnisvollen, überaus beglückenden Kraft war, daß ich beschloß, dieses Elixier nie mehr ausgehen zu lassen.

War es nicht Geist, was ich trank? Wäre es nicht Blasphemie, wenn ich die Congenialität dieses Likörs als Alkohol schmähte?

Oh, nicht [der Spiritus wars! Auch die Destillation, ich empfinde es tief, kann Seelenkunst sein.

Strebte ich denn nach Genuſſe, als ich trank? Ich ſtrebte nach meinem Werke!

Und ſiehe: die Gnade kam! Auf ſehr ſanften Sohlen, wie ein Feigen opfernder Ephebe, der das Antlitz der großen Güte hat und ſchlank iſt.

Meine Moloſſer im Herzen lege ich mich zur Ruhe. Meine Moloſſer, oh, meine Moloſſer, —: meine Moloſſer!

Eine große Zuverſicht blüht mir ſchwarze Roſen, die nach Vanille duften und einer unendlich ſüßen Trauer, ins majeſtätiſch ſchlagende Herz.

Ich werde ſehr tief ſchlafen ...

Einen Tag ſpäter.

Heute war mir den ganzen Tag ſehr übel.

Eine ſehr ſchwere und ſehr läſtige Wolke von Dumpfheit bekroch mich immer wieder, und es war, als wenn die behaarte Fauſt eines feindlichen Dämons aus meinem Innern emporſtieße in mein von ſeltſamen Dünſten unerquicklich durchzogenes Gehirn.

Ich legte die feuchte Kühle eines Eisbeutels, der mich anfangs wie der träg ſchwappende Bauch einer ſehr ſchwangeren Kröte berührte, auf Stirn

unb Schläfe unb fanb einige Linberung; doch blieb
ein banges Gefühl großen Elendes klammernb zurück.

Das Schlimmste ist, baß ich bie sechs Molosser
bis auf einen vergessen habe: Vorsaalthür.

Was soll ich aber mit biesem anfangen? Die
anbern waren sicher würbiger.

Er eignet sich burchaus nicht für eine Ekloge.

Ein schnöber Dämou schob ihn mir unter, der-
selbe, bessen haarige Faust, — oh! oh! wie thut
sie immer noch weh!

Wenn ich von bieser Krankheit Gesunbung ge-
funben haben werde, will ich biese rohe Stabt von
ewig vergnügten Barbaren verlassen unb sübwärts
ziehen.

Citronen . . .

Das Wort thut mir wohl, wie eine freunbliche
Medizin.

Meran im Juli 1897.

Die Leute, bie mir sagten, baß es um biese
Jahreszeit hier sehr heiß sein würbe, haben recht
gehabt.

Aber es ist nicht bas, was mich so traurig
macht. Ich bin enttäuscht, weil bie große Schwermut

ausbleibt, die ich mir inmitten der Lungenkranken
erhofft hatte, die sonst mit den müden Schritten
der Tuberkulose hier die Wandelbahn durchschreiten.

Es sind keine Lungenkranken mehr da.

Ich allein durchschreite die Wandelbahn.

Engmaschige Langeweile durchflort meine sehr
einsame Seele.

Ich denke viel über die Dichtkunst nach, seitdem,
nach jener unvergeßlich furchtbaren Krankheit in
München, meine Seele so leer von Versen ist, wie
ein Tempel, in dem Barbaren wüteten.

Eins ist sicher: sie muß still sein ... sehr still,
die Poesie.

Wer in einer Zeichensprache dichten könnte ...

Gesten, die sich reimen, nicht Worte ...

Feierliche Gesten! ...

Gesten von sehr alten und überaus ernsten
Priestern, die müde sind ...

Worte sind plump, weil sie ihren Sinn vom
Leben haben.

Selbst schöne Worte sind roh. Ich sage: Rose, —
und ich muß an die Suppe denken, die man aus
ihrer Frucht zubereitet; und wenn ich: Lilie sage,

so denke ich an die Pomade, die von ihr den Geruch hat, aber aus dem Mark des Rindes verfertigt wird das plump ist und brüllt.

Nein: wir sind zu feinfühlig für Worte geworden, wir Epheben der neuen, milden Tänze zwischen Aloeschwertern, in denen das Grau zuckt.

Worte sind unkeusch und klebrig und riechen nach Mensch. Wer, der priesterlich fühlt, dürfte in Worten dichten, die beschmutzt sind durch die Lippen jedes Knoblauch essenden Packträgers?

Wir dürfen nicht mehr vom Leben dichten, weil wir wissen, daß das Leben roh, schmutzig, schmählich von Grund aus ist, — aber so dürfen wir auch nicht mehr mit den Mitteln dichten, die Begriffe des Lebens in sich haben.

Sollen wir gar nicht mehr dichten?...?...! Ich sehe Heroen der Zukunft heranschweben, so fein, so zart, so Seele, so Stille, so nur Neigen des Kopfes, daß sie dessen fähig sein werden.

Sie werden die Augen aufschlagen, — und das ist die erste Strophe; sie werden die Augen niederschlagen, — und das ist die zweite Strophe; sie werden die Augen schließen, — und das ist der Schluß.

Oh ihr Seligen der Zukunft! Oh ihr schwei-

genden Erfüller meiner Sehnsucht! Oh ihr gewaltig
Stummen!

Aber wir, wir in dieser Wüste, wir noch um-
trommelt vom Reimgerassel kunstloser Lebensknechte,
wir viel zu früh Geborenen, wir halb noch klebenden,
noch nicht ganz im Äther schwebenden, — wir, oh!
oh! —: wir sind von einem harten Schicksal dazu
bestimmt, noch mit Ausdrücken zu dichten.

Pfui schon über das Wort: Ausdruck!

Sieht man nicht eine schmierige Materie aus
der Sehnsucht unsrer gepeinigten Seele quillen, wie
die ölfetten Farben aus den Tuben dieser leinwand-
bekleckenden Maler?!

So wollen wir wenigstens edel in der Be-
schränkung sein.

Nicht mehr Worte, die ein Sinn beschmutzt,
nur Klänge, bange, bebende, lallende, aus denen
das Mystische sinnlos dunkeltönig emporahnt.

Ein traumverlorenes stieres

Oh!

sehr einsam auf weißer Seite sinnend, ist mehr,
unendlich mehr, als eine ganze Bibliothek von
„Gedichten“, die in der Knechtschaft der Begriffe
wimmern!

San Martino bi Castrozza im August 1897.

Müde bin ich hierheraus gefahren durch viele Thäler, die heiß sind, und müde wandre ich hier im Föhrenwalde, der kühl ist.

Ja, es ist kühl hier, denn von den Bergen mit den schönen Namen wehen Winde.

Oh Cimone della Pala, oh Pic Rosetta!

Wild beißen eure Zähne, die sehr rot sind, in den Himmel, der sehr blau ist.

Sie beißen seit Jahrtausenden ... immerzu ... immerzu ...

Es ist sehr grausig.

Oh, meine Seele, warum bist du müde? ...

Warum ist der Zorn der Dolomiten nicht in dir, der in den Himmel beißt? ...

Ich bin aus Zizebüttel ...

In meiner Heimat breitet sich müßflächig Sand ... Sand, der einst auch Stein war! ... Ja ... aber es ist schon lange her.

Biß auch er einst in den Himmel? ...

Bist du Gigantenasche, Sand meiner Heimat?

Mich überwältigt mein rückwärtsschauender Geist ...

Zu stark ist der Duft der Föhren am Fuße des überaus trotzigen Cimone della Pala...

Hier Molossergemurmel! Hier Gesänge voll gähnender Oh's! Hier ein Epos aus einem Schrei! : ... Ohhhhh! ...

Gelb müßte man es drucken auf sehr knotigem ultravioletten Papier.

Wo aber sind die Menschen, die sie verstünden, diese Eroica aus einem Worte, nein: einem Laute, gelb hinausgeheult in ultraviolette Nacht...!...?

Bah! Einsam heult meine Seele und sehr heroisch; überaus verächtlich heult sie zu den beißenden Zähnen gleich helvischer Felsenkiefer.

ICH und DU, oh Cimone della Pala, nur wir Zwei ...: ICH und DU ...

Was kümmerts uns, ob die Welt die kaiserliche Qual unsrer Seelen „versteht" ...?

Groß, einfach bist du: ein beißender Zahn. Groß, einfach ich: ein gelbes Oh!

Soll ich ihn besteigen, den Berg meiner Seele ...?

Nicht doch!

Barbaren in eisenbeschlagenen Schuhen, frech=
nackte Kniee aus bockledernen Hosen bleckend, mögen
es nötig haben, dir schamlos nahe zu sein als
zynische Betaster. Ich bleibe unten.

Meine S e e l e besteigt dich täglich, oh Cimone
bella Pala. Fühlst Du sie?

Oh, wie ich lächle, wenn ich die klimmwütigen
Barbaren sehe, die dich mit ihren Muskeln be=
wältigen wollen, indessen ich im Stuhle liege und
weiß, daß ich — oben bin.

Gestus meiner Seele, oh Cimone bella Pala,
oh du mein Psalm und meine eine Strophe! Soll ich
noch dichten, da ich dich als mein Gedicht gewann?

ICH und DU, — oh Du ICHDU . . .

Ah! Ah!! Ah!!!!!!!!!!

Mein Ichdu! Mein Cimone bella Pala!

Ein Mensch mit schwarzen Bartkoteletten, ein
immer geschäftig eilender Mensch, der diesem Hause
als Oberkellner angehört, behauptet, die Spitze, der
Bahn, den ich Cimone bella Pala nenne, sei gar
nicht der Cimone bella Pala, sondern heiße . . . ich
hab's vergessen.

Wozu soll ichs behalten?

Du, mein Cimone della Pala, bist und bleibst mein Cimone della Pala.

Mögen dich die Oberkellner und Gelehrten nennen, wie sie wollen: ich heiße Dich das, was Du mir bist:

CIMONE DELLA PALA ...

Venedig im September 1897.

Es wurde zu viel. Der Cimon della Pala der sehr gewaltige Zahn, drohte mich zu erdrücken.

Meine Liebe wurde zur Leidenschaft, und die Harmonie meiner Seele gebot Abreise.

Jener Dichter der Vorzeit, dessen Dichtungsart wir überwunden haben, wenn wir sie auch für seine Zeit begreifen und schätzen mögen: Johann Wolfgang von Goethe, hat uns das Eine, Dauernde gelehrt, daß der höhere Mensch im entscheidenden Momente, wo der Genuß überschwänglich wird, kühl zu werden hat.

Ich registriere unter C —: Cimone della Pala; beglückendes Verhältnis zu ihm unter einigen Schauern seltsamer Erhobenheit; nicht ohne Befruchtung, die künftiges Gute versprechen möchten;

Abbruch im rechten Augenblicke, um keinerlei Un=
behäglichkeit aufkommen zu lassen.

Nun träume ich im feuchten Moder dieser Stadt,
die sehr ruhig ist.

Dies ist der Ort, sich von einer großen Liebe zu
erholen. Nur, daß es zuweilen übel riecht.

Aber die Samtklappen meines sehr langen
Rockes sind getränkt mit Ireos fiorentina.

Stundenlang laß ich mich durch stille Kanäle
fahren in einer dieser sehr schwarzen Gondeln, die
ich liebe, weil sie sehr schlank und überaus weich
gepolstert sind.

Lang hingestreckt, die keusch duftenden Samt=
klappen sehr nahe meinem Antlitz, fahre ich mit
geschlossenen Augen durch diese Stadt, die nicht
mehr lebt.

Ich schlafe an deinem toten Busen, oh Venezia.

Einst werd ich dein Schlummerlied singen, oh
heilige Leiche, im Wiegentakte der Lagunen, die
sich nicht bewegen, im Takte der absoluten Ruhe.
Nichts als Ruhe ... nur Schlaf ... nur nichts.

Eine Symphonie in W und A ...

Das Lied der Leere ...

Ohne Interpunktion ...

Ferne sei mir die verächtliche Angewohnheit des Kommas!

Rein bleibe das keusche Satzbild meiner Verse vom brutalen Semikolon!

Nie dränge sich der schnöde Bauch eines Fragezeichens in die schlanke Gliederung meiner Lallungen!

Ein spitzer Dolch eher in dies Herz, als daß ich je ein Ausrufezeichen gegen die träumende Seele meiner Poesie richte!

So schwur ich mir heute in der sehr schwarzen Gondel.

Heilig sei mir der Gondelschwur!

Oh, daß ich immer die Augen geschlossen hätte! Nicht blos in der Gondel, sondern auch auf dem Markusplatz!

Nimm meine Beichte auf, du sanft geripptes bleu mourant dieses mir sehr teuren Buches!

Werde nicht rot, oh du Flöten-Blau des Trostes!

Ich habe einen Fehltritt begangen ...

Simone della Pala, ferner Geliebter, dein Freund, dein Bruder, dein Dichter ist dir untreu gewesen.

Schnell will ich es von mir flüstern, das überaus Schmähliche:

Sommernacht und Töne ... Wandelnde Menschen im Glanze des Sternenhimmels und gelber Flammen aus hochgereckten Kandelabern ... Fächernde Mädchen in schwarzen Mantillen auf klingenden Pantoffeln ... Eine Hohe, Bleiche ... Schwebend ihr Gang, königinnenstolz und sehr schön ... Nächtige Haare im griechischen Knoten hoch auf ... Eine dunkelrote Rose leuchtet, lockt, winkt ... Schwarze Augen glühen und winken auch ... Alles glüht, leuchtet, lockt, winkt ... Alles ist so ... so ... sonderbar ... Warum geht sie auf die Piazzetta? ... Über die Brücke? ... In die sehr dunkle Gasse? ... Und warum ich ... mit? ...

Warum? Oh! Oh!! Ohh!!!

Wollt ich nicht fliehen ...? Warum floh ich nicht? ... Warum um Gotteswillen diese enge Treppe hinauf? ... In diese sehr schwüle Stube hinein ...? Oh du Königliche, was pressest Du mich so gewaltig an Deinen überaus wogenden Busen? ... Warum thust Du dein fließendes Gewand von Dir und lächelst? ... Und ... ich ...? Ich? ... Weh mir: ich ... gab ... mich ... hin ...

13*

Oh Cimone della Pala! Cimone della Pala!!
Cimone ... della ... Pala!

Ich werde nicht mehr in schwarzer Gondel fah=
ren. Ich werde nicht mehr das Lied der absoluten
Leere träumen. Heilige Leiche Venedigs: ich bin
Deiner unwert.

Das Leben hat mich berührt; ich bin besudelt
wie jene, die den Mai bedichten.

Ich fahre nach Florenz.

                    Florenz im Oktober 1897.
Diese Stadt ist laut und voller Italiener.

Unähnlich jener erhabenen Lagunenleiche, gegen
deren Heiligkeit ich Elender so schmählich gesündigt,
die ich beleidigt und sehr besudelt habe, hat sie die
Schamlosigkeit, zu leben, kreischend zu leben wie
eine Bettlerin, sie, die ehedem eine Königin ge=
wesen ist und höchst feierlich.

Einst die Stadt des bleichen Dante, jetzt die
Stadt des schamlos roten Bädeker.

Nirgends giebt es so ruchlos krallende Droschken=
kutscher wie hier, nirgends so zynisch pfeifende Gassen=
buben. Und nicht selige Hymnen der Stille pfeifen sie,
sondern Arien aus Opern heutiger Menschen.

Belastet vom Nackenjoch scheuernder Reue wandle ich hier und überthränt von Wehmut über den Hinfall alles Ehemaligen.

Tauche unter, oh meine Seele, ins ehedem Gewesene!

Kniee am Betschemel Fra Angelicos, meine Seele, und lasse den Rosenkranz sehr tiefer Frömmigkeit durch sehr knochige Finger gleiten.

Wolle nicht dichten fürderhin, andächtig betende Seele, — bete und beichte, beichte und bete, denn der Pommeranzenduft der Sünde dampft noch immer in deinen heimlichen Kammern.

Soll ich in ein Kloster gehen?

Ach, wie gerne kleidete ich mich in das fließende Weiß der sehr feierlichen Dominikaner.

Aber ach: ich bin Protestant. Unmystisch taute auf mein kindliches Haupt der heilige Tauftropfen in der sehr kahlen Kirche von Zizebüttel.

Ich kann nichts thun, als einen sehr langen Gehrock aus weißem Flanelle tragen über stumpf schwarzen Hosen und einer zartblauen, goldburch-punkteten Samtweste. Breit, schwarz, rund-köpfig dazu der Hut, mit einer hinten hangenden Quaste, — er das einzige Kleidungsstück der

weißen Pater, das meiner profanen Leiblichkeit erlaubt ist.

Glotzend stehen die pfeifenden Gassenbuben von
Florenz, sehen sie mich so, und die schnöden Arien
brechen jäh ab, wo ich schreite.

Einsam auch hier, müde im müden Herbst.

Stumm durch Sünde, unfähig des gläubigen
Beichtganges, lebend im Ehemaligen, —: der große,
graue Elephant der Langeweile legt seinen drosseln-
den Rüssel mit indischem Ernste um meinen gebeugten
Hals. Ich werde meinen Stab, den schwarzen,
ebenholzenen, weiter setzen.

So schritten in jenen Tagen weiße Pilger durch
die sehr weite Wüste ...

Rom im November 1897.

Rom ist frech.

Ich hoffte, hier zwischen Ruinen zu wallen.
Nein. Es ist eine Stadt wie jede andere.

Glückseliger Papst im säulenhallenhallenden
Asyle des verschlossenen Vatikans! Deine heiligen

Sohlen berühren nicht dieses Pflaster einer würde-
los von Omnibussen durchfahrenen Residenz.

Aber auch der Vatikan . . . Wie bunt, wie
stimmungslos wohl erhalten! Wo ist der große
Staub und die sehr dichte Spinnewebe der Ver-
gangenheit?

Muß ich zu den Pyramiden fliehen? In die
Wüste der einsamen Kamele?

Alle meine Träume wachen in moderne Tage
auf . . .

Wo sind die ganz leeren Hallen voll grauer
Gobelins, in denen meine Seele . . . wohnen könnte?

Wo weht der Tanz der sehr schweigenden Epheben,
zu denen ich sagen könnte: Oh, meine Brüder, dreht
mich mit in diesem sehr schmerzlichen und überaus
heiligen Tanze?

Ach, diese deutschen Künstler hier! Sie trinken
sehr viel Wein und sind immer vergnügt.

Sie lachen über meinen weißen Gehrock, und
ihre plumpe Seele und Kunst hat nichts gemein
mit der Dichtkunst meinerSeele.

Ich bin in mein Hôtel verbannt, wie der Papst
in seinen Vatikan.

Oh ihr qualvollen Wochen in diesem Hôtel!
Daß ich doch fliehen könnte!

Denn es wird kalt und regnet viel.

Warum reife ich nicht nach . . . Afrika?

Was hält mich an diefem Orte der feelenmörbe-
rifchen Table b'hôte?

Oh, ich weiß . . .

Ich fühle es . . . jene Ekloge in Moloffern . . .

Gebuldig will ich warten, fehr müde lächelnd,
fernerhin gläubig und hingeftreckt auf den fehr
breiten Divan.

Sie wird kommen . . . ernft . . . feierlich . . .
ephebifch . . .

Keufch, mit der Lilie als Wafferzeichen, harrt
auf dem Tifche von Paliffanderholz der fleckenlofe,
hohe, fchmale, zärtlich gerippte Bogen.

Oh, wie ich ihn liebe, den heiligen Schooß, der
meine Ekloge empfangen foll.

Scheu leuchtet er in Schauern der Verkündigung.

Keine Ekloge! Eine Nänie! Ein Klage-
weiberfang!

Dank dir, Schickfal, fädenfpinnende Göttin, daß
du mir jene gefchickt haft, JENE im fchwarzen
Kleide mit den dunkelumranbeten Augen: das
Klageweib meiner Seele.

Einsam unter dem Schwarm der schmatzenden Esser sitzt sie in düsterer Lieblichkeit seit dreien Tagen am linken Ende der Tabledhôte.

Wenn sie das Glas mit schwarzem Weine zum Munde hebt, hebt mein Mund sich zum Munde des Schicksals und küßt den Kuß des Dankes.

Dieses ist das Weib, das nicht Weib ist...

Dieses ist die edle Versunkenheit...

Dieses ist das trauernde Ehemals...

Ich nenne sie Mamalawa.

Denn M und W und L und sehr viel A ist in ihrem höchst heiligen Wesen.

Selbst die Kellner stehen unter dem Banne dieser sehr Außerordentlichen. Tiefer beugen sie ihr das gescheitelte Haupt, weiter öffnen sie ihr das geräuschlose Flügelpaar der gebenedeiten Thüre, durch die sie schreitet.

Marchesa nennen sie sie und reichen die Schüsseln nur mit Ehrfurcht ihrer unendlich weißen Hand.

Nie fühlte ich so wie jetzt die Tiefe meiner Herkunft. Oh, daß ich nicht einmal Baron bin! Nie aber auch erhob mich so wie jetzt das

Gefühl, daß ich dem einsamen Adel der sehr einsamen Dichter angehör, die die Seele singen.

Du, Mamalawa —: Marchesa; ich, Emil —:
Dichter.

Ach, daß ich ... Emil heiße!

Wenn es noch Edgar wäre ... oder Aemilius ...

Ich sinne dem Urnamen meines Wesens nach.

Viel O und W und M und L muß darin
sein ...

Momolowo? ...

Ja! Ich darf die Kühnheit haben und zu mir
sagen: Momolowo!

Mamalawa!

Momolowo!

Welch eine Nänie, wenn es mir gelingt, die
Molosser zu finden, die, gleich schweren Ranken von
ultravioletten Malven, zwischen diesen broncebraunen
Kandelabern hängen!

N

Sie hat die Blicke meiner Ehrfurcht und Andacht bemerkt.

Zweimal schon ruhte ihr sehr nächtiges Auge
auf mir wie ein schwarzer Mond aus gelbem
Himmel.

Nun that ich den jetzt unziemlich gewordenen
Rock aus dominikanerweißem Flanell ab und hüllte
mich gleich ihr in stumpfes, stöhnendes Schwarz.

Nur ein müdeleuchtender Milchopal weint traum-
haft aus dem verstohlen blinkenden Kohlenglanz der
sehr bauschigen Moiré-Krawatte.

Oh, ich fühle es: sie hört das Harfenspiel
meiner anbetenden Seele.

Mamalawa!

Oh!

Momolowo!

Ah!

So kreuzen und berühren sich die Vokale unsrer
Seelen.

Nun lieg ich im Zelte der großen Seligkeit
und höre die sehr tiefen Brunnen der Gnade
rauschen.

Der Abgrund ihrer Seele neigt sich über den
Abgrund meiner Seele, und beide Abgründe werden
ein Abgrund.

Oh Abgrund... das ist: O—A!

So dichtet die Seele des inneren Lebens,

so taucht in den Seelenklang zweier
Vokale die große Mystik echter Poesie!

O—A, und nichts als O—A, immer und
immer wieder O—A . . .

Ich möchte dieser plumpen Welt als einziges
Zeichen meiner Dichtkunst einen Band vor das
stumpfe Gesicht halten, der auf tausend Seiten
nichts weiter enthielte, als diese beiden urschlund-
tiefen Symbole eines Doppelschicksals, das sich
schauerlich erhaben in e i n e m Abgrund zusammen-
schlundete.

Nur müßte anfangs das A ganz links oben am
Seitenrande stehen, und das O ganz rechts unten.
Langsam, sehr langsam müßte dann das A herab,
das O hinaufsteigen. Nun aber, wenn sie sich
nahe kämen, müßte das A nach rechts, das O nach
links schwanken. Dann wieder der sehnsüchtige
Ab- und Aufstieg. Dann das O oben, das A
unten, bis endlich, endlich nach unendlichen Um-
kreisungen sie sich auf der letzten, tausendsten Seite
so träfen, daß sie nicht mehr neben einander,
sondern, sich bedeckend, übereinander gedruckt
würden.

Und Alles Gelb auf Ultraviolett.

Dieser tiefen Mannigfaltigkeit ist die neue Poesie
fähig ...

Sizilien im Dezember 1897.

So sehr hat mich das Abgrundglück der Seele
überschüttet, daß ich nicht Zeit und Stimmung fand,
von ihm auf diesen Seiten der Beschaulichkeit zu
reden.

Denn mein ganzes Dasein, das aber ein Fern-
sein ist, was ist es jetzt anderes, als eine große
Beschaulichkeit?

Oh Abgrund, deine Wonnen sind unausprech-
lich! Selige Verschlungenheit der Verschlungen-
heiten! Bald, ich ahne es, wird der Abgrund zum
Übergrund, und das Unfaßliche wird immer noch
unfaßlicher.

Indessen: einige Worte noch, ehe ich die Lust
am Worte, diese Plebejerlust überhaupt von mir gethan habe und nur und immer nur lalle.

Wir haben uns zu einer Seelen-Ehe vermählt.

Sie: die verlassene Gattin eines wollüstigen
und seelenlosen Marchese, der ihre unendlichen
Reichtümer in den Schoß des Lasters und auf die
Spieltische wirft; ich: der einsame Dichter, den

seine Familie als unbrauchbar für die plump
bürgerlichen Zwecke ihres seifenfabrizierenden Ge-
sichtskreises verstoßen hat; wir: die Seelen-
abgrundehe.

Und nun: Kein Wort mehr in dieses Buch!

Was wir, nicht der Welt, sondern uns zu
sagen haben, nein, nicht zu sagen: zu tönen
haben, wird in dem Buche stehen, an dem wir
arbeiten wollen, solange dieses Erdenleben währt:

im

Buche

O—A.

Bitzebüttel im Februar 1898.

Da liege ich, ein Wrack, geschleudert auf den
Sand der Heimat.

Was habe ich erlebt... Oh!

Sie... ha, wie soll ich sie nennen, da nicht
einmal die Gerichte des Königreichs Italien ihren
Namen zu eruieren vermochten...?... sie —
verschwand.

Einen Zettel ließ sie mir zurück, — aber keinen
Bankzettel. Diese nahm sie alle mit. Aber auf

dem Zettel stand (schluck es, meine gläubige Seele!):
Addio mio carissimo asino!

Dann aber kam des Kelches Reige: Mich
sperrte man ein, weil man sie nicht kriegte. Mich
— als Helfershelfer der... oh pfui! pfui! —
Gaunerin.

Ich sollte Red und Antwort stehen über alle
die Summen, die sie — gestohlen hat. Ich, der
Bestohlenste von Allen, dem sie nicht blos Geld,
sondern den Glauben an Seele und Seligkeit
raubte, ich, der ich ohne einen Soldo auf Sizilien
saß, weil sie mir keinen zurückgelassen hatte.

Man hat mir die Hände zusammengebunden
und mich in ein abscheuliches Loch geführt, man
hat mich photographiert und anthropometrisch nach
dem System Bertillon gemessen, man hat Verhöre
mit mir angestellt und mich nach einander für
einen schweizer, einen französischen und einen ita-
lienischen Hochstapler gehalten.

Was sollte ich nicht alles sein: ein durch-
gebrannter Kassierer, ein französischer Schauspieler,
ein — Mädchenagent. Nur, daß ich ein deutscher
Dichter sei, glaubte man nicht, und als ich dieses
Buch hier vorzeigte, beantragte der Übersetzer, mich
untersuchen zu lassen.

Banaufen bort wie hier! Zitzebüttel und Rom
liegen beide in Böotien.

Endlich, nach einem Monate, die Erlösung durch
den deutschen Vertreter, doch mußte ich, damit mir
nichts erspart bliebe, britter Klasse von Rom bis
Zitzebüttel reisen.

Und dann der Empfang hier ... Nicht einmal
meine Gehröcke hat man mir gelassen. Ich muß
einen Sacco tragen, wie ein Kommis.

Und überhaupt, das sehe ich mit gräßlicher
Klarheit: auf den Kommis läuft Alles hinaus.

Ich soll mich in die Seifenfabrik einleben!

Noch bin ich zu schwach zum Widerstande.
Aber, wenn ich jenen furchtbaren Schmerz überwunden haben werde, dann ...

Zitzebüttel im März 1898.

Daß ich einst Dichter war ... kaum glaub ichs
selber.

Ich lebe mich wirklich in die Seifenfabrik ein.

Nur manchmal, bei den ätherischen Ölen, schwillts
empor und zuckt heftig. Aber das schlimmste ist
die Buchführung.

Mein Stil wird immer dürrer, und ich kenne die Wollust der Bokale nicht mehr.

Bitzebüttel im April 1898.

Man will mich ganz vernichten. Ich soll Cousine Pauline heiraten. Das ist ein sehr dickes Mädchen, das fortwährend vergnügt ist. Sie hat ein Lachen an sich, bei dem ich erbleiche.

Und ich bin doch so merkwürdig gesund jetzt. Manchmal fühl ich mich geradezu wohl.

Das ist das sicherste Zeichen dafür, daß ich völlig herunterkomme.

Bitzebüttel im Mai 1898.

Ich werde die Pauline heiraten.

Berlobt bin ich schon.

Wozu auch nicht?

Rad fahre ich ja auch, und überhaupt, ich fange an „munter zu werden", wie Pauline sehr richtig sagt.

Munter werden!

Es ist ja ein ganz angenehmes Gefühl, aber eigentlich . . .

14

Ach, Unsinn!

Nächsten Monat soll schon die Hochzeit sein. Meinetwegen.

Übrigens ist Pauline ganz nett, und wenn sie lacht, ist es unmöglich, nicht mitzulachen.

Aber das weiß ich: nach Italien machen wir unsere Hochzeitsreise nicht.

www.ingramcontent.com/pod-product-compliance
Lightning Source LLC
Chambersburg PA
CBHW030826020726
47499CB00006B/2083